Dieses Buch gehört:

Flüsterwald
Der Schattenmeister erwacht

In der Reihe »Flüsterwald« sind bislang erschienen:
Flüsterwald – Staffel I:
Band 1: Das Abenteuer beginnt
Band 2: Der verschollene Professor
Band 3: Durch das Portal der Zeit
Band 4: Der Schattenmeister erwacht

Flüsterwald – Staffel II: Eine neue Bedrohung
Band 1: Der verborgene Meisterschlüssel
Band 2 erscheint im Frühjahr 2023!

FSC
www.fsc.org
MIX
Papier aus verantwortungsvollen Quellen
FSC® C014496

3. Auflage 2022

ISBN 978-3-7641-5222-2

Lektorat: Kathleen Neumann
Umschlag- und Innenillustrationen: Timo Grubing

Druck und Bindung: GGP Media GmbH, Pößneck
Gedruckt auf Papier aus geprüfter nachhaltiger Forstwirtschaft.
www.ueberreuter.de

Andreas Suchanek

Flüsterwald

Buch 4: Der Schattenmeister erwacht

Mit Illustrationen
von Timo Grubing

ueberreuter

Lukas (Mensch)

* Leseratte und Abenteurer
* muss sich in einer neuen Stadt zurechtfinden
* seine Familie hat keine Ahnung vom Flüsterwald oder von Magie

Ella (Mensch)

* Lässt sich von niemandem aufhalten
* liebt ihren Großvater über alles
* hat viel in der Theater-AG gelernt

Felicitas (Elfe)

* zaubert gerne (was nicht immer klappt wie geplant)
* fühlt sich im Internat einsam und unternimmt deshalb öfter (verbotenerweise) Streifzüge

Punchy (Katze)

* heißt mit vollem Namen: Pedora Ulinde Naftet von Chibalka
* Aufpasserin von Felicitas
* hat Nerven aus Stahl

Rani (Menok)

* Nachwuchsautor, forscht über Menschen
* spielt für sein Leben gerne und ist schokoladensüchtig

Inhalt

Prolog

Die Rückkehr war geglückt.

Er konnte noch immer nicht fassen, dass es ihm gelungen war. Wie oft hatte er den Körper seines Menschenzwillings aus der Ferne gesteuert, hatte das Herrenhaus von Weitem betrachtet, das Siegel vernichten wollen.

Nächtelang hatte er hinter dem magischen Fenster des Gefängnisbaums gesessen, um in die Ferne zu blicken und Winterstein zu beobachten.

Gefangen zwischen zwei Welten, war sein Hass ins Unermessliche gewachsen. Auf die Menschen, die Flüsterwäldler und das Herz des Waldes. Immer wieder hatte er Pläne ersonnen, einen Ausweg gesucht. Zuerst vergeblich, doch jetzt, am Ende, war er frei.

Er stand von einem Zauber verborgen im Zimmer seines Menschenzwillings, der Tag ging in die Dämmerung über. Er hörte, wie an der Türschwelle ein Gähnen erklang, dann näherten sich schwere Schritte dem Bett. Der Mensch wusste nicht, dass er zu diesem einfachen Leben gezwungen worden war. Vor langer Zeit war er von ihm, seinem Schatten, getrennt worden – doch nun endlich war es so weit. Nicht mehr lange, und er würde wieder seine volle Macht besitzen. Dann würde er gnadenlos Rache üben. Zuerst am Herz des Waldes und schließlich am gesamten Flüsterwald. Niemand könnte sich ihm mehr entgegenstellen.

Endlich zog sein menschlicher Teil die Decke bis zum Kinn, gähnte ein weiteres Mal und war Minuten später eingeschlafen. Leise Schnarchgeräusche erklangen, vor dem Fenster breitete sich die Dunkelheit aus. Winterstein schlief, der Wald erwachte.

Wie auch er selbst, existierten Stadt und Wald in einem stetigen Wechsel.

»Aber das endet bald«, flüsterte er heiser.

Mit einem letzten Lächeln sammelte er seine Kraft, entfesselte die Magie und wurde wieder eins mit seinem anderen Teil. Er musste ihn nicht länger aus der Ferne steuern, jetzt war er wieder voll und ganz ein Schattenzwilling. Mit all seiner Magie, seiner Macht. Niemand konnte ihn jetzt noch aufhalten.

»Fangen wir also an.«

Seine Worte waren so endgültig wie eine Klinge, die herabfuhr, um Blätter und Holz zu zerteilen. Bis nichts mehr vom Flüsterwald übrig war.

Der Schulgarten

»Die Schürze steht dir gut.« Ella zwinkerte.

Lukas beschränkte sich auf ein verärgertes Knurren. Seine Füße steckten in Gummistiefeln, er trug eine Harke. Zu seiner Linken erstreckte sich ein Blumenbeet, rechts wuchsen Wildkräuter empor. Ein wenig abseits lag der Schulgartenteich. Fische schwammen darin herum, schillernde Punkte dicht unter der Oberfläche.

Ella hatte ihr Haar zu einem Zopf gebunden und Gartenhandschuhe übergestreift. »Stell dir vor, das ist ein Mini-Flüsterwald und wir können ihn pflegen.«

Nicht, dass sie ihn erst hätte überzeugen müssen. Lukas mochte den Garten und hatte, seit er kürzlich an die neue Schule in Winterstein gewechselt war, schon öfter einen

Blick darauf geworfen. Herr Baumbach kümmerte sich immer im Wechsel mit einer anderen Klasse darum, jede Woche. Lukas hatte sich gefreut, endlich auch ein wenig mitzuhelfen.

Bis zu dem Brennnessel-Zwischenfall.

Schuld waren in gewisser Weise seine Abenteuer im Flüsterwald. Denn durch sie hatte er drei Hoodies verloren, die nun in Fetzen und blutverschmiert im geheimen Studierzimmer lagen, das sich hinter der Geheimtür in seinem Bücherregal befand. Die ganzen magischen Tränke, Pulver und Kristalle, die ebenfalls im Studierzimmer des Professors aufbewahrt wurden, hatten sich als wirkungslos erwiesen, wenn es darum ging, Hoodies wiederherzustellen. Also trug er nur ein T-Shirt. Glücklicherweise war es heute trotz des herbstlichen Wetters warm.

Leider hatte ihn Frank geschubst, woraufhin Lukas getaumelt und rückwärts – mit ausgebreiteten Armen – in ein Brennnesselbeet gefallen war. Die Pusteln bildeten sich immer stärker. Außerdem juckte es.

»Das ist gut für die Durchblutung«, hatte Herr Baumbach gemeint.

Wenigstens musste Frank eine Strafarbeit schreiben, was zwar gerecht war, aber nichts im Vergleich zur Theater-AG, in der Lukas bis zum Schuljahresende festhing – als Strafe wegen eines Vergehens im Informatikunterricht. Unterm Strich lief es nicht so gut an der neuen Schule.

»Jetzt schau doch nicht so, als könne jeden Augenblick ein Gewitter über uns hereinbrechen«, sagte Ella, deren gute Laune ungebrochen war.

Gemeinsam folgten sie ihrem Lehrer zu dem Beet, um das die Klasse sich heute kümmern sollte. Es lag am Ende des Gartens, hinter einem kleinen Hügel. Steine waren erst letzte Woche ausgelegt worden, um den gesamten Bereich schöner zu gestalten. Der Weg schlängelte sich auf der einen Seite hinauf, auf der anderen hinunter.

Herr Baumbach stand bereits vor dem Beet, hatte die kräftigen Arme in die Hüfte gestemmt und blickte zu Boden. Sein Bauch wölbte sich unter der engen Jacke, das dunkle Haar war an mehreren Stellen licht. »Also das ist ja seltsam.«

Lukas und Ella schlossen auf.

Direkt vor ihnen lag das Beet. Viel für die Pflänzchen tun konnten sie allerdings nicht. Schwarze Stängel ragten aus der Erde.

»Und dabei sind die so gut gewachsen«, sagte Herr Baumbach. »Das tut diese Sorte immer, sie wächst hier in unserem Wintersteiner Wald prächtig.«

Ella warf Lukas einen durchdringenden Blick zu. Er nickte. Das konnte kein Zufall sein.

Erst vor wenigen Tagen war der dunkle Magier aus seinem Baumgefängnis ausgebrochen, wo der Professor – Ellas Großvater – jetzt festsaß. Sie wussten nicht, wer sich unter der Kapuze verborgen hatte, als sie ihm im Baumgefängnis gegenübergestanden und ihm versehentlich zu seinem Ausbruch verholfen hatten. Doch was sie wussten, war, dass er Rache üben und den Flüsterwald zerstören wollte.

Und als wäre das nicht genug, hatten sie bisher keine Spur von Franklin, dem Assistenten des Professors, gefunden. Er war seit ihrer Zeitreise verschollen und irrte als Stadtstreicher irgendwo durch Winterstein. Noch immer war sein Geist durch ein magisches Gift verwirrt.

Auch Frau Stein war in den letzten Tagen nirgendwo aufzufinden, die Bibliothek war ohne erkennbare Gründe geschlossen.

Während Herr Baumbach sich nach vorne zum Beet beugte, zog Lukas Ella beiseite. Schließlich sollte sie niemand hören, wenn sie über den magischen Flüsterwald sprachen.

»Denkst du, was ich denke?«, fragte er.

»Die Pflanzensamen hat Herr Baumbach aus dem Wald«, sagte Ella sofort. »Und jetzt verwelken die Blumen hier bei uns. Das muss die Ausstrahlung des dunklen Magiers sein. Er ist hier in Winterstein und wird stärker.«

Nichts anderes hatten sie erwartet, doch die Auswirkung so direkt vor sich zu sehen, war ziemlich beängstigend. Er hatte sie ausgetrickst, war mit ihrer Hilfe seinem Gefängnis entkommen. Und vielleicht hatte er sich sogar schon mit seinem Schattenzwilling wiedervereinigt. Lukas und Ella hatten in den letzten Tagen immer wieder versucht, mithilfe des Magiedetektors die menschliche Hälfte des dunklen Magiers aufzuspüren. Vergeblich! Sie mussten ihn irgendwie aufhalten, auch wenn Lukas keine Ahnung hatte, wie.

»Was hältst du davon, wenn wir uns heute Abend auf den geheimen Speicher schleichen und mithilfe des Portals ins Baumhaus im Flüsterwald reisen. Dort hinterlegen wir für Felicitas eine Nachricht. Dann weiß sie, dass wir bisher keinen Erfolg damit hatten, den Menschen zu finden.«

Die Elfe war nach ihrem letzten gemeinsamen Abenteuer in den Flüsterwald aufgebrochen. Zum einen wollte sie versuchen, mehr über die Schattenzwillinge herauszufinden. Zum anderen war ihr Plan, ihre Mutter, die Elfenkönigin, dringend über die Rückkehr des dunklen Magiers zu informieren. Diese würde hoffentlich alle möglichen Schutzzauber anwenden, um den Flüsterwald zu beschützen. Heute war bereits Freitag und die Elfe würde vermutlich bald zurück sein. Lukas hatte bisher jeden Tag nachgeschaut, doch Felicitas hatte sich noch nicht wieder gemeldet. Ihre Nachforschungen schienen länger zu dauern.

»Alles klar, so machen wir das. Aber hat deine Mutter auch nichts dagegen?«, fragte er.

Ella winkte ab. »Sie wünscht mir immer nur viel Spaß, wenn ich mit Freunden *spielen* gehe. Spielen! Als wäre ich ein Kind.«

Lukas wusste genau, was sie meinte. Seine Mutter bekam immer diesen seltsamen Blick, sobald er ein Treffen mit Ella erwähnte. »Also meine Mutter hat bestimmt nichts dagegen. Du kannst mit uns zu Abend essen und wir sagen ihr dann einfach, dass wir danach noch gemeinsam lesen oder so.«

Zwar bestanden seine Eltern darauf, dass er die Zimmertür nicht abschloss. Aber eine kurze Stippvisite auf dem Speicher war bestimmt möglich.

»Vielleicht sollten wir mal schauen, ob es ein Pulver für die Pflanzen gibt«, Lukas deutete auf das Beet. »Damit Herr Baumbach nicht so geknickt aussieht.«

Noch während er den Arm ausstreckte, spürte er wieder das Jucken. Die Pusteln bedeckten seine Haut mittlerweile von oben bis unten. »Und eine Tinktur gegen Unkraut wäre auch nicht schlecht.«

Und in diese Kategorie hatte Lukas Brennnesseln jetzt

kurzerhand eingeordnet, jawohl! Da war es ihm egal, dass man diese auch als Tee trinken konnte.

Herr Baumbach verteilte die Schüler noch auf die anderen Beete, um diese zu jäten, die Pflanzen zu gießen und das Bienenhotel von allzu aufdringlichem Unkraut zu befreien. Besonders Letzteres machte Lukas viel Spaß.

Er betrachtete die winzigen Bienen, die emsig suchend herumkrabbelten. Im Sommer trugen sie dazu bei, dass der ganze Garten grünte und blühte, das hatte Herr Baumbach ihnen erklärt. Und da hier im Schulgarten kein Unkrautvernichtungsmittel zum Einsatz kam, blieben sie auch gesund.

Am Ende der Stunde brachten sie die Gartengeräte zurück in den Schuppen. Da Lukas und Ella nicht in dieselbe Klasse gingen, trennten sich hier ihre Wege.

»Du hast alles?«, fragte er.

»Komplett ausgerüstet«, bestätigte sie. »Wir haben jetzt unsere Biostunde im Raum der Theater-AG, weil uns Frau Telfts dort einen Test schreiben lässt. Ich mache langsam und bringe ganz am Ende die Kleidung zurück, die wir uns für die Zeitreise ausgeborgt hatten.«

Was auch für die Walkie-Talkies galt. Es war ihnen sogar gelungen, das defekte Funkgerät zu reparieren, das ihnen bei ihrem Abenteuer in der Vergangenheit kaputtgegangen war. Damit bekam die Theater-AG alles vollständig wieder zurück.

Ella rannte davon, um den Anschluss an ihre Klasse nicht zu verlieren. Lukas steuerte den eigenen Klassenraum an. Es stand noch eine Stunde Deutsch auf seinem Plan, danach hatte er für heute frei.

Was auch nötig war, denn die Sorge um den dunklen Magier raubte ihm den Schlaf. Jede Nacht stand er am Fenster und beobachtete den Flüsterwald in der Ferne. Der Schutz leuchtete blau, die Barriere war intakt.

Doch ein ums andere Mal fragte er sich, wie lange das noch so blieb.

Der Silberglanzblock

Das Abendessen erwies sich als ganz nett, sah man davon ab, dass seine kleine Schwester Lisa ständig mit Karottenstückchen nach ihm warf. Danach sprach sie mit ihrem Plüschhasen, als sei Lukas nicht am Tisch.

Seine Mutter war damit beschäftigt, Ella über deren Familie, ihre Hobbys, überhaupt, ihr ganzes Leben auszufragen. Peinlich!

Doch das Schlimmste war sein Pa, der Ella ja unterrichtete. Er fragte sie tatsächlich, ob sie schon für die kommende Matheklausur gelernt hatte. Oberpeinlich!

Am Ende gelang es Lukas, Ella nach oben in sein Zimmer zu retten. Den Nachtisch hatten sie mitnehmen dürfen. Aber höchstens noch zwei Stunden durften sie zusammen verbringen, schließlich sollte Lukas am nächsten Morgen mit auf den Markt gehen, begleitete sie der Ruf seiner Mutter.

»Ich dachte schon, wir schaffen das nie.« Grummelnd legte er den Riegel vor. »Für den Fall, dass meine Schwester neugierig wird.«

Für die Zukunft musste er sich irgendetwas einfallen lassen, wie er es auf dem geheimen Speicher merkte, wenn unten jemand an seine Tür klopfte.

Am Bücherregal zog Lukas an dem präparierten Buch, wodurch das Regal aufklappte. Dahinter führten die vertrauten Stufen hinauf. Kleine Wandlampen warfen ihren goldenen Schein auf die Holztreppe. Ella schnappte sich beide Schälchen mit dem Nachtisch und reichte eines davon an Lukas weiter.

Gemeinsam stiegen sie hinauf.

Von außerhalb des Hauses war der Speicher nicht zu sehen, ebenso wenig das Fenster. Magie machte das möglich. Hier oben ragten die Regale mit den magischen Tinkturen und Pulvern darin auf. Es gab einen flauschigen Sessel, einen Schreibtisch und natürlich die Portalstanduhr, die direkt in das Baumhaus führte.

Verblüfft blieb Lukas am Rand der Treppe stehen, als er eine vertraute Stimme hörte.

»… stellte ich mich dem dunklen Magier entgegen und rief: ›Gib den Silberglanzblock frei!‹ Natürlich bekam er es mit der Angst zu tun, als ich meine neue Steinschleuder auf ihn richtete. Ich hatte Stinkmorcheln hineingetan. Lukas, Ella, Felicitas, Punchy und der Großvater zitterten vor Angst. Der dunkle Magier rief: ›Also gut, nimm den Silberglanzblock, du starker Menok. Aber beim nächsten Mal werde ich noch gemeiner sein.‹ Dann rannte er davon.«

Rani saß vor dem Silberglanzblock, in dem eine weibliche Menok eingesperrt war. Er hatte sein Büchlein aufgeschlagen und las aus seinen »Notizen« vor, die grundsätzlich wenig mit der Wirklichkeit zu tun hatten.

Bei ihrer Reise in die Vergangenheit hatten die Freunde auch die gefangene Menok entdeckt, was zu einigem Trubel geführt hatte. Felicitas hatte versprochen, den Block bei nächster Gelegenheit zu schmelzen und die Menok zu befreien.

Lukas wollte gerade etwas sagen, als Ranis Nase zu zittern begann. Er sprang auf und schob mit beiden Händen sein Buch zurück in den Fellbeutel an seinem Bauch. Mit dem Greifschwanz zog er die Brille von der Nase und steckte sie dazu. »Was ist das?«

Der Blick des kleinen Menoks war eindeutig. Er hatte die Schalen mit dem Nachtisch entdeckt.

»Menschenessen«, erklärte Lukas.

»Ist da auch Menschenschokolade drin?«, fragte Rani unschuldig.

»Joghurt mit Erdbeeren«, schaltete sich Ella ein. »Total schokofrei.«

Rani kam herbeigeflitzt. »Das ist natürlich nicht ganz so gut. Aber es ist nett, dass ihr mir etwas mitgebracht habt.«

Mit einer flinken Bewegung sauste er an Lukas in die Höhe, packte das Schälchen mit dem Erdbeerjoghurt und flitzte wieder hinunter.

»He! Das ist meins«, rief Lukas.

Rani wirkte gänzlich unbeeindruckt, packte den Löffel und schaufelte den Joghurt in seinen Mund. Sekunden später war sein Fell im Gesicht voller Joghurtflecken.

»Vielleicht haben wir Glück und Erdbeeren haben einen ähnlichen Effekt wie Schokolade«, flüsterte Lukas Ella zu.

»Du meinst, er schläft bei Erdbeeren auch ein?« Sie kicherte. »Oder seine Stimme wird leiser.«

Sie gingen zu dem Silberglanzblock hinüber. Im Inneren schlummerte die weibliche Menok. Durch Felicitas wussten sie, dass der Aufenthalt in einem solchen Block wie ein erholsames Mittagsschläfchen war.

»Du hast ihr aus deinem Büchlein vorgelesen?«, fragte Lukas.

»Das mache ich jede Nacht.« Zufrieden stellte Rani die leere Schale ab. »Vielleicht hört sie es ja irgendwie. Das wäre doch schön, dann kann sie mich bereits richtig einschätzen, wenn sie erwacht. Und euch auch.«

»Ja genau«, sagte Lukas trocken. »Hoffen wir, dass sie alles gehört hat.«

Rani trippelte auf seinen beiden Hinterpfoten auf und ab, die Ärmchen hinter dem Rücken verschränkt. »Meine Eltern werden völlig aus dem Häuschen sein, wenn ich sie mit in den Bau bringe. Und was Cani erst sagen wird. Bestimmt spielt er sich wieder auf und erzählt, dass er der Beste im Nussweitschießen ist. Und Lani wird mit seinen guten Noten im Zahlenunterricht angeben.«

Rani schien völlig in seinen Gedanken gefangen und entwarf bereits Strategien, wie er die weibliche Menok beeindrucken konnte.

»Wie viele Brüder hast du?«, fragte Ella.

Ohne anzuhalten, erwiderte Rani: »Zu viele.«

»Und Schwestern?«

»Keine«, sagte er missmutig. »Sie sind sehr selten. Alle meine Menok-Freunde haben nur Brüder. In zwei Bauten haben sie jetzt auch ein Schwesterchen. Wir haben das tagelang gefeiert.«

»Das ist so süß«, sagte Ella.

»Ihr könnt meine Schwester haben«, kommentierte Lukas.

»Wirklich?« Rani stoppte und starrte zu ihm hoch. »Also das wäre großzügig.«

»Äh, das war eigentlich nicht ernst gemeint. Sie ist ja manchmal schwierig, aber ich behalte sie trotzdem.«

Rani starrte ihn missmutig an, zog sein Büchlein hervor und notierte etwas hinein. Das einzig verständliche Wort, das er nuschelte, war »geizig«.

Was der Menok nicht bedachte, war, dass er direkt vor dem geöffneten Standuhrportal schrieb. In einem Augenblick stand er noch dort, im nächsten kullerte er über den Boden. Er bildete ein Fellknäuel mit Punchy, die plötzlich durch das Portal aufgetaucht war.

Kurz darauf schoss eine energiegeladene Elfe aus dem wirbelnden Portal hervor, die Fäuste erhoben. Da sie nur die Größe von Lukas' Arm besaß, waren es wohl eher Fäustchen.

»Wer auch immer … oh. Was ist denn hier los, habt ihr euch ohne mich getroffen?« Felicitas schluckte. »Normalerweise wartest du doch im Baumhaus, Rani.«

Mittlerweile war der Menok dabei, Punchy anzubrüllen, und die Katze schimpfte miauend zurück.

»Wir wollten eigentlich eine Nachricht für euch im

Baumhaus hinterlassen«, erklärte Lukas. »Aber Rani ist anscheinend jeden Abend hier. Er liest dem Menok-Mädchen etwas vor.«

»Ohhhhh.« Felicitas verschränkte die Finger ineinander und hielt die Hände vor die Brust. »Das ist so lieb von dir.«

Rani stoppte mitten in seiner Schimpftirade. »Natürlich! Ich bin immer lieb. Und schlau. Hast du jetzt endlich den Gewitterwolken-Elfenstaub dabei?«

Felicitas' Lächeln verrutschte bei den harschen Worten ein wenig. Doch wie sie eben war, konnte nichts ihre gute Laune zerstören. »Das habe ich.«

Sie hielt ein Säckchen aus grauer Seide in die Höhe, das mit einem Lederbändchen verschnürt war.

Rani ließ sofort von Punchy ab und sauste unter Felicitas im Kreis herum, die Arme ausgestreckt. »Gib es her!«

»Du brauchst eine Elfe, um mit Elfenstaub Magie zu wirken«, sagte sie mit einem Seufzen. »Ich erledige das.«

»Aber bestimmt explodiert dann gleich der Silberglanzblock.« Rani stemmte die Pfoten in die Seite.

»Tut er nicht«, gab sie giftig zurück. »Jetzt, wo ich weiß, dass das Herz des Waldes einen Teil von sich in mich gelegt hat, bin ich vorsichtiger.«

»Wie beim Siebenbachtal?«

Rani blitzte Felicitas an, die Elfe blitzte zurück. Im nächsten Augenblick schrien sie einander an.

»Er schafft es wirklich mit jedem«, sagte Lukas.

»Er würde sogar Direktor Arnold zur Explosion bringen und der ist echt immer total entspannt.« Ella seufzte.

Punchy steuerte ein Miauen bei und leckte über ihre Tatzen.

Nach einigen Minuten hatten sich die Gemüter wieder abgekühlt. Felicitas sank auf den Schreibtisch nieder und setzte sich auf die Kante. »Bevor wir den Silberglanzblock auflösen, muss ich euch erzählen, was im Flüsterwald gerade passiert.«

Verfolgungsjagd

Vor dem Fenster begann ein leichter Nieselregen, wie so oft in den letzten Tagen. Lukas merkte, wie sich vor Anspannung seine Nackenhaare aufstellten.

»Ich habe meiner Mutter alles geschrieben und sie hat mir bereits geantwortet«, berichtete die Elfe. »Sie konnte sich gut an unser damaliges Abenteuer erinnern. Ich muss mich weiterhin von ihr fernhalten, weil unsere Magie sich sonst chaotisch entladen könnte. Sie sucht aber nach einer Lösung. Eigentlich tut sie das schon recht lange. Auf jeden Fall hat sie die anderen Herrscher informiert. Alle wollen sich vorbereiten.« Sie schluckte. »Die Warks sind unterwegs und durchstreifen den Bereich an der Grenze des Flüsterwaldes.«

Bei dem Gedanken an die gruseligen Wesen, die die Geheimnisse des Flüsterwalds beschützten, schüttelte es Lukas. »Aber solange die Siegel noch da sind, kann er doch nicht hinein, oder?«

»Das stimmt«, bestätigte Felicitas. »Aber zurzeit geht jeder im Flüsterwald davon aus, dass er sie zerstören wird.«

»Moment.« Lukas räusperte sich und betrachtete die Dunkelheit vor dem Fenster mit ganz anderen Augen. »Aber eines davon ist doch hier, oder? Ich bin ja irgendwie – quasi versehentlich – zum Siegelwahrer geworden, als wir hier eingezogen sind.« Erst jetzt wurde ihm so richtig bewusst, dass womöglich auch der Schutz des Hauses nicht ewig den Angriffen des Magiers standhalten würde. Wenn die Flüsterwäldler sogar davon ausgingen, dass der dunkle Magier die zwei Siegel brechen konnte, die den Wald schützten …

»Was eine große Ehre ist«, erwiderte Felicitas.

»Hallo! Er will das Siegel zerstören«, lenkte Lukas die Aufmerksamkeit der Elfe auf den eigentlichen Punkt. »Und wir sitzen quasi obendrauf.«

»Ja, ja, das ist alles ganz schrecklich«, schaltete sich Rani ein. »Kannst du jetzt endlich mal ausholen und diesen Gewitterstaub auf den Block werfen?«

Lukas fühlte die vertraute Frustration in sich aufsteigen. Er war so hilflos wie an dem Tag, als er mit seinen Eltern und seiner Schwester ins Auto gestiegen war und sein altes Leben hinter sich lassen musste. Andere entschieden, er musste sich fügen.

»Also, damit wir jetzt Ruhe haben«, meinte Ella und deutete auf den Silberglanzblock, »sollten wir das vielleicht wirklich erst erledigen.«

»Natürlich.« Felicitas stieß sich von der Tischkante ab, drehte einen schwungvollen Looping in der Luft und öffnete dabei das Säckchen. »Bereitet euch auf die Druckwelle vor.«

»Druckwelle?«, konnte Lukas noch fragen.

Im nächsten Augenblick flirrte der Elfenstaub aus den Gewitterwolken durch den Raum.

Rumms.

Donner erklang, dicht gefolgt von einem Sturm. Lukas flog durch die Luft und landete im Sessel, der rückwärts umkippte. Rani wurde davongeschleudert, auf die Treppe zu, und kullerte die Stufen hinab zur geheimen Speichertür. Dass die magische Standuhr noch immer aktiv war, rächte sich jetzt, denn Punchy wirbelte durch den Dachboden direkt durch das Portal hindurch. Hoffentlich landete sie in den Sitzkissen im Baumhaus.

Felicitas schwebte über allem, schlug die Hand vor den Mund und sagte: »Oh, das tut mir jetzt leid. Hatte ich die Druckwelle nicht erwähnt?«

»Nein, hast du nicht!«, erklang die dumpfe Stimme von Rani wütend herauf.

Doch dem Menok ging es gut, wie sich kurz darauf herausstellte. Er kam wieder oben an, bereit für eine Schimpftirade. Stattdessen starrte er auf die Reste des Silberglanzblocks, wo das Menok-Mädchen sich aufrichtete.

Sie gähnte herzhaft, streckte sich und glättete mit ihrem Greifschwanz das Fell. »Oh. Hallo. Wer seid ihr denn?«

»Lukas«, stellte dieser sich vor. »Das ist Ella. Die Elfe ist Felicitas und …«

Mit einem Satz war Punchy zurück und überprüfte sofort, ob es ihrem Schützling gut ging. In Sprungweite von Felicitas bezog sie Position.

»… das ist Punchy«, beendete Lukas den Satz. »Und der sprachlose Menok ist Rani. Wie heißt du denn?«

»Ich bin Pera«, erklärte sie und blickte neugierig zwischen dem umgestürzten Sessel, dem zerzausten Rani und dem Fenster hin und her. »Wie lange war ich denn gefangen?«

»Einhundertfünfundneunzig Jahre«, kam es wie aus der Pistole geschossen von Rani.

»Das stimmt doch gar nicht«, entgegnete Lukas. »Du kannst überhaupt nicht rechnen.«

»Mein Großmenok hat es mir beigebracht, ich kann es bestimmt besser als du.«

Lukas erinnerte sich dunkel daran, dass Rani ihm im ersten gemeinsamen Abenteuer davon berichtet hatte, dass die dunklen Jahre angeblich weitaus früher stattgefunden hätten, als es in Wirklichkeit der Fall gewesen war. Eine totale Fehlberechnung. Aber es war sowieso sinnlos, mit ihm zu diskutieren.

»Es sind ungefähr dreißig Jahre gewesen«, sagte Ella.

»Ach so.« Pera nahm es leicht. »Dann ist ja alles gut.«

»Aber haben dich deine Eltern nicht vermisst?«, fragte Lukas.

»Doch nicht nach dreißig Jahren.« Die Menok lachte glockenhell. »Das hätte schon deutlich länger sein müssen. Wir haben schließlich alle unsere Wanderjahre, da ziehen wir los und erleben Abenteuer. Und wir Menok-Mädchen wechseln ja immer mal wieder den Bau, je nachdem, wo es uns am besten gefällt.« Sie zwinkerte Rani zu. »Bestimmt hast du auch schon viel erlebt.«

Rani nickte eifrig, die Augen starr auf Pera gerichtet. »Und alles notiert. In meinem Buch. Es wird ein Bestseller und niemand darf darin lesen. Außer dir. Vielleicht. Jederzeit.« Es hätte nicht viel gefehlt und in Ranis Augen wären Herzchen aufgeploppt.

»Später gerne«, sagte Pera mit samtiger Stimme. »Jetzt möchte ich das Haus sehen.«

»Äh, was?«, fragte Lukas.

»Die Geheimtür ist am Ende der Stufen«, säuselte Rani.

»Ihr könnt doch nicht einfach ins Haus!«, rief Ella.

Aber die beiden Menoks flitzten bereits in Richtung der Treppe. Alles ging so schnell, dass keiner von ihnen sie aufhalten konnte.

»Stopp!«, rief Lukas.

»Das ist so aufregend.« Felicitas raste hinterher.

Den Abschluss bildeten Ella, Punchy und Lukas. Innerhalb des Flüsterwaldes waren magische Wesen für Menschenaugen verborgen – es sei denn jemand hatte sich mit Flüsterpulver ausgestattet. Außerhalb des Flüsterwaldes waren die magischen Wesen jedoch auch für Menschen sichtbar. Wenn seine Eltern oder seine Schwester sie sahen …

»Wir müssen sie aufhalten!«, rief Lukas.

»Schon klar.« Ella schob die Geheimtür so weit auf, dass auch sie als Menschen hindurchpassten.

Im Zimmer war von den beiden Menoks auf Abenteuer nicht viel zu sehen. Wenn Lukas gehofft hatte, dass Pera weniger anstrengend war als Rani, erwies sich dies als Trugschluss.

»Sie sind die Treppe ins Erdgeschoss runter«, rief Felicitas von Lukas' Zimmertür aus. »Du hast es wirklich schön hier. Was steht in all den Büchern denn so drinnen?«

»Später!«, rief er.

»Natürlich.« Die Elfe konzentrierte sich wieder auf die Verfolgung.

Im Vorbeilaufen sah Lukas, dass Lisa bereits in ihrem Bett lag und schlief. Dabei war es doch noch gar nicht so spät. Seltsam. Sie erreichten die Treppe nach unten.

Felicitas schoss durch die Luft und holte die Menoks noch vor Lukas, Ella und Punchy ein. Im Wohnzimmer waren schließlich wieder alle zusammen.

»Das ist ja lustig«, sagte Pera. »Schlaft ihr sofort, wenn die Sonne untergegangen ist?«

Verwirrt betrachtete Lukas seinen Vater, der auf der Couch lag und schnarchte. Seine Mutter hatte wohl gerade auf ihrer Matte meditiert, war dann aber eingeschlafen. Ihr Kopf lag auf der Brust, die Beine waren im Schneidersitz verschränkt.

»Lukas, was ist hier los?«, fragte Ella.

Im gleichen Augenblick riss sie ihren rechten Arm in die Höhe, an dem sie das Armband mit den verschiedenfarbigen Perlen trug – den Magiedetektor. Jede Perle stand für einen Zauber, der erkannt wurde. Eine glühte.

»Dunkle Magie«, hauchte sie.

Lukas rannte zum Fenster und blickte am Vorhang vorbei hinaus. Am Rand des Grundstücks stand der dunkle Magier. Ohne aufgehalten zu werden, durchschritt er das Tor.

»Er ist hier«, flüsterte Lukas.

Und keiner musste fragen, was der Schattenzwilling hier wollte. Ihre schlimmste Befürchtung war wahr geworden: Offensichtlich war es ihm gelungen, sich mit seinem menschlichen Teil zu verschmelzen. Und nun sollte das erste der beiden Siegel fallen.

Nur noch wenige Schritte, dann hatte er das Haus erreicht.

Das erste Siegel

»Ich will nicht zurück in den Silberglanzblock!«, rief Pera.

Im nächsten Augenblick sausten beide Menoks die Treppe hinauf auf den Speicher.

»Wieso kann er denn das Grundstück betreten?«, fragte Lukas, während er ebenfalls nach oben rannte.

»Er ist jetzt wieder stark.« Felicitas sauste neben ihnen durch die Luft. »Und dass hier eines der Siegel versteckt ist, wusste er ja seit Langem.«

»Wo eigentlich?«, wollte Ella wissen.

Sie erreichten die geheime Tür. Lukas nahm immer zwei Stufen auf einmal. Keuchend schwor er sich, dem Sportunterricht ab jetzt mehr Aufmerksamkeit zu schenken.

In den Regalen gab es allerlei Pulver und Tränke, die gerade recht kamen. Er durfte dem Magier keinesfalls das Haus überlassen.

Ella hatte den gleichen Gedanken, sie trat neben ihn, ihr Blick schweifte über die Fläschchen und Gläser. »Hier, das Flammenpulver. Wenn du das wirfst, gibt es ein kleines Feuerwerk aus Flämmchen. Und diese Kieselsteine schützen vor schwachen Zaubern.« So ging es weiter.

Lukas dachte nicht groß darüber nach, er schnappte sich alles, was er tragen konnte. Zwei Fläschchen in die linke, zwei in die rechte Tasche. Dazu die Kiesel.

Am Ende des Regals kippte Ella bereits die Hälfte eines Zaubertranks in ihren Mund. »Der imprägniert gegen Flüche.« Sie reichte ihm den Rest.

Der Geschmack erinnerte Lukas an eingeschlafene Füße. »Igitt.«

»Ihr wollt ihn wirklich angreifen?«, fragte Felicitas.

»Natürlich«, erwiderte Lukas entschlossen. »Er darf auf keinen Fall das Siegel zerstören. Sonst muss er nur noch das zweite brechen, und schon kann er in den Flüsterwald spazieren.«

Sie hatten bereits erlebt, wozu der dunkle Magier fähig war. Er konnte Schatten beschwören und kannte keine Gnade. Es durfte sich nicht wiederholen, was in den dunklen Jahren geschehen war.

»Ich stelle mich ihm auch entgegen«, sagte Rani und linste dabei zu Pera. Als diese entsprechend beeindruckt wirkte, zog er seine Steinschleuder aus dem Fellbeutel. »Damit.« Ein weiterer Griff und er legte eine Kugel aus Teeblättern ein.

»Das wird den dunklen Magier kaum aufhalten«, sagte Lukas.

»Du wirst schon sehen.« Rani hob die Teekugel in die Höhe. »Das ist Beruhigungstee von den Teekindern. Vielleicht schläft der Magier damit ja ein.«

Punchy miaute laut und ließ ihre Krallen durch die Luft sausen. Womit klargestellt war, dass sie ebenfalls bereit war.

Nachdem alle ausgerüstet waren, ging es wieder die Treppen hinunter. Die Haustür stand weit offen, der Wind trug einzelne Regentropfen herein. Doch von ihrem Gegner gab es keine Spur. Sicherheitshalber überprüfte Lukas, ob es seinen Eltern gut ging. Sie schliefen weiterhin, was von den Schnarchgeräuschen seines Vaters untermalt wurde.

»Der Keller«, sagte Felicitas und deutete auf die Tür.

Dort unten brannte das Licht.

Die Stufen bestanden aus unebenem Stein. Sofort stieg Lukas der typische Geruch von Staub in die Nase. Wieso war er eigentlich bisher nie hier gewesen? Der Gedanke kam ihm erst jetzt.

Das Siegel würde allerdings kaum mitten im Keller auf

dem Boden prangen, wie auch immer er sich dieses vorzustellen hatte. Tatsächlich erwartete sie dort ein kreisrundes Loch in der Erde, von dem aus eine Wendeltreppe weiter hinab in die Tiefe führte.

»Einladend«, kommentierte Ella.

Selbst Rani, der sonst nie um ein Wort verlegen war, schwieg. Sie stiegen die Treppe hinab und bereits nach wenigen Schritten hatte Lukas das übermächtige Gefühl von Enge. Wie weit mochte der Schacht in die Erde ragen?

Nicht weit, wie sich kurz darauf herausstellte. Sie erreichten das untere Ende. Ein schmaler Gang erweiterte sich zu einem Raum. Im Zentrum befand sich ein magischer Kreis, der in den Boden geschlagen worden war. Im Inneren erkannte Lukas zwei ineinander übergehende Sterne, an deren Spitzen leuchtende Steine hervorragten.

Der dunkle Magier stand gebeugt am Rande des Magiekreises und hatte ihnen den Rücken zugewandt. Wie auch bei ihren letzten Begegnungen hatte er seine Kapuze übergestreift. Die Hände hielt er ausgestreckt über einen der magischen Leuchtsteine.

»Manchmal ist es so einfach«, erklang seine rauchige Stimme.

Sie war verzerrt, als habe jemand ein Tonband langsamer ablaufen lassen.

»Ich habe mich schon gefragt, wann ihr auftaucht.«

Lukas' Nackenhaare stellten sich auf.

»Kommt nur herein«, sagte der dunkle Magier und bewies damit endgültig, dass er mit ihnen sprach und sie erwartet hatte. »Schließlich seid ihr ein Teil von allem. Euch verdanke ich meine Befreiung.«

»Das war ein Versehen!«, stellte Ella klar.

Was die Sache irgendwie nicht besser machte.

Der dunkle Magier lachte abgehackt. »Dann solltet ihr das nächste Mal wohl vorsichtiger sein. Ein solches Versehen kann böse Folgen haben.«

»Wir lassen nicht zu, dass du das Siegel zerstörst«, mischte sich Lukas ein.

Endlich wandte sich der dunkle Magier ihnen zu. Wie vermutet lag hauchdünner Nebel über seinem Gesicht, von dem kleine Schwaden aufstiegen. Die Kapuze saß so dicht, dass noch nicht einmal seine Haare zu erkennen waren. Er machte weiter ein Geheimnis um sein wahres Aussehen.

Rani stand hinter Lukas' rechtem Bein und hielt sich mit einer Pfote daran fest.

»Wir werden dafür sorgen, dass du wieder in das Baumgefängnis zurückkehrst!«, rief Felicitas.

Leider zitterte ihre Stimme dabei so sehr, dass es wenig überzeugend klang. Sicherheitshalber flog sie ein Stück zurück, um neben Lukas zu schweben. Er konnte nur hoffen, dass ihr Zauber – welcher es auch sein mochte – dieses Mal mit richtig viel Kraft funktionierte.

»Ach ja.« Die Stimme des Schattenzwillings bekam einen bedrohlichen Unterton. »Nichts anderes habe ich von dir erwartet. Du bist ganz die Tochter deiner Mutter. Und dabei habt ihr nicht einmal gefragt, weshalb ich überhaupt eingesperrt war. Es ist euch egal, habe ich recht?«

»Du hast den halben Flüsterwald abgebrannt«, schleuderte Lukas dem Magier entgegen. »Erwartest du jetzt etwa Mitleid?«

»Es ist mir egal, was ihr denkt. Aufhalten kann mich niemand mehr. Ich bin wieder vereint mit mir selbst und kann nun endlich Rache üben. Wo es auch sein mag, ich finde das Herz des Waldes. Und dann wird es büßen.«

»Du hast dir selbst zuzuschreiben, dass du eingesperrt wurdest, du wolltest dem Flüsterwald Schaden zufügen«, sagte Lukas.

»Ihr seid Narren. Gar nichts wisst ihr. Von dem, was damals geschehen ist. Von der Schuld, die das Herz des Waldes trägt. Aber das ist einerlei. Noch in dieser Nacht werden die Siegel fallen.«

»Das werden wir verhindern!«, rief Lukas.

Rani nahm all seinen Mut zusammen und legte mit der

Steinschleuder an, Pera stand hinter ihm. Leider war er so aufgeregt, dass sich der Teeball zu früh löste und mit einem *Platsch* gegen die Wand flog.

Der dunkle Magier lachte. »Oh ja, ich merke schon, vor euch muss ich mich in Acht nehmen. Diese Teekugeln sind bestimmt gefährlich.«

Damit holte er aus und ein Blitz fuhr durch den Raum. Er traf auf eine der Sternenspitzen und zerstörte den magischen Stein. Das Licht erlosch.

Lukas konnte kaum glauben, was geschah, denn alle Lichter in den Spitzen verblassten.

Kampf um das erste Siegel

Bevor Lukas etwas unternehmen konnte, raste ein weiterer Blitz herab und schlug in einen anderen Stein. Er zerbarst in tausend Stücke, die durch den Raum flogen. Ein stechender Schmerz in seiner Wange sagte Lukas, dass er getroffen worden war.

Wieder legte Rani eine der Teekugeln in die Schleuder, zielte und schoss. Mit einem *Platsch* traf er den Magier im Gesicht. Vermutlich versehentlich, aber das war egal.

»Du dämliche Kreatur!«, brüllte ihr Gegner.

Die Teeblätter hingen unter dem schwarzen Nebel, sie hatten garantiert auch die Augen getroffen. Der dunkle Magier stolperte durch den Raum.

»Felicitas!«, rief Lukas.

Die Elfe ließ den magischen Elfenstaub flirren und ein Glitzern breitete sich in der Luft aus. Im nächsten Augenblick erschien ein Wirbelsturm und fegte den dunklen Magier von den Beinen. Er rutschte über den Boden und prallte gegen die Wand.

»Das Flammenpulver, schnell!« Ella hielt den Flakon bereits in der Hand.

Lukas und Ella warfen gleichzeitig.

Felicitas reagierte blitzschnell und ließ die Gefäße in der Luft zerbersten. Das enthaltene rötliche Pulver landete auf dem Magier und knisterte wie ein Dutzend Knallfrösche. Kleine Funken sprühten auf.

»Oh nein!«, hauchte Felicitas. »Ich glaube, es war abgelaufen.«

Der dunkle Magier legte eine Hand auf den Boden und stieß seltsame Worte in einer fremden Sprache aus. Es klang, als würden tausend Schatten flüstern. Blitze zuckten in kleinen Bögen, sprangen von einem magischen Stein zum nächsten. Es knallte. Weitere Splitter wirbelten durch die Luft, wie Sandkörner in einem Wüstensturm. Punchy ließ ihre Krallen wirbeln. Irgendwie gelang es ihr, die Splitter abzufangen. Felicitas erschuf einen unsichtbaren Schutz, eine Blase, die alle umgab und die Splitter abprallen ließ. Kurz darauf erlosch sie wieder.

Der dunkle Magier lachte zufrieden. Alle Leuchtsteine waren zerstört. Ein leichtes Vibrieren erfasste den Raum, Risse bildeten sich im Boden.

Würde das Haus jetzt etwa einstürzen?!

Lukas dachte an seine Eltern und seine Schwester, die oben ahnungslos schliefen. Sie konnten nicht fliehen und er ihnen nicht helfen. Im Vergleich zum dunklen Magier war jeder Wark ein Schoßtier.

»Und jetzt kommen wir zum finalen Teil«, hauchte ihr Gegner. »Um das Siegel zu brechen, fehlt noch eine letzte Zutat.«

Das Beben wurde stärker. Verputz löste sich von den Wänden und rieselte als feiner Staub herunter. Ein Teil des Bodens brach auf, weil sich der Untergrund verschob.

Die eingehauenen Steinlinien des Siegels glommen in einem fahlen Licht, das jenem ähnelte, in das auch der Wald stets getaucht war.

»Um das Siegel zu brechen, brauche ich noch das Blut des Siegelwahrers.« Langsam kam der dunkle Magier auf Lukas zu.

Rani beugte sich vor und schoss eine weitere Teekugel ab. Diese landete direkt vor dem Magier auf dem Boden. Er lachte höhnisch, bis er auf den matschigen Teeblättern ausrutschte. Mit rudernden Armen fiel er rücklings um.

»Ich mag diese Schleuder«, sagte Rani.

Punchy sprang nach vorne, um die Kapuze des Magiers zu zerfetzen, doch dieser hob den Arm und schleuderte die Katze gegen die Wand. Punchy drehte sich in der Luft, kam mit den Tatzen voran auf und landete unverletzt auf dem Boden.

»Du musst hier weg!«, rief Felicitas Lukas zu. »Ohne dich kann er es nicht beenden.«

Was bedeutete, dass er sie absichtlich hierhergelockt hatte. Wieder einmal waren sie ihm in die Falle gegangen!

Lukas rannte zum Ausgang des Raums. Direkt vor ihm ballten sich die Schatten zusammen, verdichteten sich zu einer Barriere, und verschlossen so den Durchgang.

»Du bleibst hier, Lukas Lamprecht«, fauchte der dunkle Magier. »Denkst du, ich lasse mich so kurz vor meinem großen Triumph aufhalten? Von einem Jungen?« Er holte tief Luft und stieß sie plötzlich aus. Schwarzer Nebel drang aus seinem Mund. Eine alles verschlingende Wand, die auf Lukas zuraste. Schon waren die Schwaden heran, griffen nach ihm …

… und zuckten zurück.

Der Magier keuchte auf. »Du bist gegen Flüche geschützt!«

»Ha!« Ella klatschte in die Hände. »Ich wusste doch, dass

dieser Trank hilfreich ist. Ich selbst habe meinem Großvater dabei geholfen, ihn zu brauen.«

»Ist das so.« Der Magier kam in einer gleitenden Bewegung in die Höhe. »Danke für diese Information.«

Er schnippte mit den Fingern. Ein blondes Haar löste sich von Ellas Schopf und segelte zu ihm herüber. Wieder erklangen düstere Worte, untermalt von schattenhaftem Geflüster.

In Lukas' Magen bildete sich ein Klumpen, ein Prickeln lief über seine Haut. Wie tausend Ameisen, die über seinen Körper krabbelten. Es juckte. Er wand sich, wollte das Gefühl loswerden. Ella ging es ebenso.

Der Magier ließ das Haar in Flammen aufgehen.

Im gleichen Augenblick stoppte das Kribbelgefühl. Lukas' Haut fühlte sich wieder normal an.

»Das war es mit eurem Schutz. Um die Wirkung eines Zaubertranks wieder aufzuheben, braucht man immer etwas von demjenigen, der ihn gebraut hat. Das hättest du wissen müssen, Mädchen!«

Wieder stieß der Magier Luft aus. Die Schattenwolken stoben auf. Felicitas wob einen Windzauber, doch er blieb völlig ohne Wirkung. Schon umfasste der Nebel Lukas. Er hob ihn in die Luft, ließ ihn direkt über dem magischen Siegel schweben.

»Und mithilfe eines einzigen Tropfens bist du nicht länger Siegelwahrer.« Der dunkle Magier schnippte.

Völlige Stille breitete sich aus. Die gesamte Umgebung schien in Zeitlupe gefangen. Ein Blutstropfen löste sich von Lukas' Wange und glitt durch die Luft. Immer tiefer, bis er im Zentrum des Siegels aufschlug.

Im gleichen Augenblick wurde das Beben stärker, Risse zogen sich durch das Gestein, zerteilten das magische Siegel, das den Flüsterwald beschützte.

Das erste Siegel war zerstört.

Der schwarze Nebel verwehte und Lukas schlug auf den Boden auf. Etwas in seinem Inneren war fort, ein Gefühl der Leere nahm stattdessen den Platz ein.

»Ich fürchte, ich muss euch jetzt allein lassen«, sagte der Magier in gespielt entschuldigendem Ton. »Dieser Raum wird gleich nicht mehr existieren. Lebt wohl!«

Eine Rauchwolke wirbelte um ihn herum, dann war er fort.

»Raus hier!«, rief Ella. »Die Wände kommen auf uns zu.«

Lukas kam taumelnd in die Höhe. Tatsächlich. Die Wände wuchsen in den Raum hinein, verschlangen alles auf ihrem Weg. Felicitas und Punchy waren bereits am Durchgang. Von Rani und Pera war nichts zu sehen, sie sausten wohl schon die Treppe hinauf.

»Bist du okay?«, fragte Ella.

Sie griff Lukas am Arm, der taumelte. Irgendwie fühlte er sich schwach.

Gemeinsam rannten sie zum Ausgang.

Hinter ihnen verschlang das Gestein die Reste des Siegels und ließ nichts zurück.

In den Flüsterwald

»Besser?«, fragte Ella.

Lukas nickte und stellte die Tasse mit der heißen Schokolade ab. »Danke. Wie geht es meinen Eltern? Lisa?«

»Schlafen tatsächlich noch«, erwiderte sie.

Felicitas hatte den Zauber mittlerweile überprüft und herausgefunden, dass er die ganze Nacht über andauern würde. Erst am Morgen würde Lukas' Familie wieder aufwachen. Das hatte immerhin den Vorteil, dass sich die Freunde frei bewegen konnten, ohne entdeckt zu werden.

Zuerst hatte Ella mit etwas Heiltinktur die Wunden der Splitter verschlossen, dann war sie nach unten gesaust, um Lukas etwas zu trinken zu holen.

Natürlich betonte Rani gerade noch einmal, wie er den

Magier quasi im Alleingang besiegt hatte. Dabei legte er auch eine Teekugel in die Schleuder und schoss kurzerhand ein Kissen von der Couch.

»Aber das Siegel ist trotzdem kaputt«, bremste Pera Ranis Triumph.

»Das … also …« Rani linste zu Lukas herüber und überlegte wohl, wie er diesen kleinen Misserfolg umwandeln konnte. »Du hast ja gesehen, ich musste Lukas helfen. Das war wichtiger als dieses Siegel.«

»Du bist ein wahrer Held«, sagte Pera. »Möchtest du mir mein Fell massieren?«

»Darf ich?«

»Ausnahmsweise.«

Rani begann mit der Massage und benutzte dazu beide Hände und den Greifschwanz. Pera nutzte die Gunst der Stunde und zog mit ihrem Greifschwanz das Büchlein aus Ranis Fellbeutel. Sie schlug die erste Seite auf und begann mit einem »weiter links unten, ja, so ist es gut« zu lesen.

Punchy lag neben Lukas auf der Couch und maunzte, vermutlich fing sie seine Stimmung auf. Er hatte versagt! Seine Aufgabe war es gewesen, das Siegel zu beschützen. Gut, er hatte bis vor Kurzem nicht einmal davon gewusst, schließlich hatte ihm das niemand erklärt. Trotzdem fühlte er sich schrecklich.

»Hör auf, so trüb dreinzuschauen«, verlangte Ella. »Du siehst aus wie ich nach dem Informatikunterricht.«

»Informatik ist toll.«

»Die Schauspiel-AG ist besser«, sagte Ella grinsend.

»Ich hasse diese AG!«, rief Lukas.

Ella nickte zufrieden. »Wütend bist du mir lieber als in dieser niedergeschlagenen Stimmung. Also konzentrieren wir uns darauf, wie es nun weitergeht.«

Rani blickte interessiert zu ihnen auf, massierte aber weiter und auch Pera konnte sich nicht von dem Inhalt des Büchleins lösen.

Still durchdachte Lukas, was sie als Nächstes tun könnten. Das zweite Siegel befand sich irgendwo in Winterstein, aber wie sollten sie es beschützen?

»Felicitas«, begann Ella, »konntest du eigentlich noch etwas über die Schattenzwillinge herausfinden?«

»Nichts.« Die Elfe landete neben Punchy auf der Couch. »Sie werden erwähnt, aber das war es auch schon. Es gibt keine Details über sie. Man lernt, dass sie aus zwei Wesen bestehen. Eines ist am Tag wach, das andere in der Nacht.«

»Ich glaube, dass der dunkle Magier längst weiß, wo das zweite Siegel ist«, sagte Ella. »Wir können ihn nicht mehr davon abhalten, dass er in den Wald zurückkehrt. Aber wenn wir erfahren, was damals passiert ist und warum er das Herz des Waldes so sehr hasst, finden wir vielleicht heraus, was seine Schwäche ist und wie man ihn besiegen kann.«

Lukas nickte langsam. Möglicherweise gelang es dem anderen Siegelwahrer, das Siegel zu schützen. Wenn nicht, hatte der dunkle Magier freie Bahn. Mehr über die Schattenzwillinge herauszufinden, war vermutlich ihre einzige Chance. »Du willst deinen Großvater befragen?«

»Genau.« Ella deutete auf die Portaluhr. »Er hat jahrelang den Flüsterwald erforscht und Bücher studiert. Für ihn standen immer das Herz des Waldes, das verschwundene Volk und das Heilmittel für Franklin im Vordergrund.«

Lukas sprang auf. »Dann nichts wie los!« Schnell streute er noch Flüsterpulver über sich und Ella, und Felicitas zauberte ihnen Elfenohren. Sie bekamen auch wieder ein kleines Säckchen mit Elfenstaub, damit sie wie Späher aussahen, die von Winterstein zurückgekehrt und bisher noch nicht wieder geschrumpft waren.

Dann trat Ella an die Portaluhr und aktivierte die Verbindung in das Baumhaus im Flüsterwald.

»Was ist ein Großvater?«, fragte Pera.

»Ein alter Mensch«, erklärte Rani. »Und verwirrt ist er auch. Ganz anders als mein Großmenok.«

Der magische Portalstrudel baute sich auf. Nacheinander sprangen sie hinein und kamen auf der anderen Seite der Verbindung wieder heraus.

Hier im Baumhaus wirkte alles wie immer. Flauschige Sitzkissen waren aufgetürmt, vor dem Fenster konnte man Äste mit grünen Blättern daran erkennen.

Durch den Schacht im Baum stiegen sie die Treppen nach unten zur Blinzelbahn. Pera war begeistert und überlegte bereits, ins Baumhaus einzuziehen, was Rani ihr auszureden versuchte. Schließlich sei es im Bau seiner Familie viel schöner.

Unten angekommen spürte Lukas wie immer ein flaues Gefühl im Magen. Die Blinzelbahn war eine Sache für sich. Von Trotzphase bis zum Verschwinden eines Reisenden war alles möglich. Niemand durfte gemein zu ihr sein, weshalb sie stets darauf achteten, Rani vom Bedienpult fernzuhalten.

Pera sah sich alles genau an. »Also es wirkt ein wenig alt und heruntergek…«

»Die Blinzelbahn ist toll!«, brüllte Lukas, damit die Menok keinen Schaden anrichten konnte. »Sie bringt uns immer ans Ziel.« Sicherheitshalber streichelte er einen der Tische.

»Aber Pera hat schon recht, bezogen auf die Einrichtung«, warf Rani natürlich sofort ein. »Du bist so schlau, Pera.«

»Das weiß ich doch.« Sie winkte mit dem Greifschwanz ab. »Aber lieb, dass es dir aufgefallen ist.«

»Ich finde es hier total schön«, flötete Ella und gab Felicitas ein Zeichen, das Ziel ganz schnell zu justieren.

Die Elfe sauste ans Bedienpult, wählte das Gefängnis des Professors aus und nickte. »Wir können auf die Plattform.«

»Aber findet ihr nicht, dass der Boden …«, begann Pera.

Felicitas blinzelte.

Wie immer fühlte es sich, als würden ihre Körper in eine Achterbahn gesaugt werden. Da waren endlos viele Farben und Formen, Wände und Nebel. Lukas wurde herumgeschleudert.

Dann standen sie auf der Zielplattform in der »Wohnung« des Professors.

Pera kippte einfach um. Sie nuschelte etwas in Richtung Boden, was aber unverständlich blieb.

»Das ist normal«, versicherte Rani. »Ich massiere dich, bis es besser wird.«

Lukas war stolz darauf, dass er kerzengerade gehen konnte. Gut, seine Schritte waren etwas wackelig und er schielte in den ersten Sekunden, aber langsam gewöhnte er sich an den Blinzelschock.

»Ella!« Der Professor polterte bereits die Stufen herab, er musste ihre Ankunft gehört haben. »Es ist so schön, dich zu sehen.« Er zog seine Enkelin in eine Umarmung und begrüßte auch Lukas, Felicitas und Punchy überschwänglich. In Richtung Rani winkte er, doch der knetete versonnen Peras Fell, die erst langsam wieder zu sich kam.

Mit gerunzelter Stirn betrachtete der Professor Lukas' Wange und Ellas Nase. Sein Lächeln verblasste. »Diese hauchdünnen Linien, sind das Narben? Habt ihr die Heiltinktur benutzt? Was ist passiert?«

»Der dunkle Magier hat das erste Siegel zerstört«, platzte Lukas heraus und spürte erneut das tiefe Gefühl der Leere in sich. Seine Verletzungen hatte er fast schon wieder vergessen gehabt.

Sie berichteten dem Professor abwechselnd, was geschehen war. Nachdem sie geendet hatten, versank dieser in brütendem Schweigen und stieg die Stufen hinauf.

Die Freunde folgten ihm.

Oben angekommen goss er sich eine Tasse Tee aus einer weißen Porzellankanne ein und trank in kleinen Schlucken.

»Großvater?«, fragte Ella.

Er seufzte. »Ich fürchte, es sieht düster aus. Wenn wir den dunklen Magier nicht aufhalten, wird er den Flüsterwald zerstören – und wer weiß, was noch! Es betrifft uns alle. Ob jung oder alt, Mensch oder magisches Wesen.« Dann ließ er den Kopf in seine Hände sinken.

Ella erschrak. So verzweifelt hatte sie ihren Großvater noch nie gesehen.

Der nächste Schritt

»Aber es muss doch eine Lösung geben!«, sagte Lukas. »Sonst wiederholen sich die dunklen Jahre, nur schlimmer.«

»Hast du eine Idee, Großvater? Wenn du uns mehr über die Schattenzwillinge erzählen kannst, finden wir vielleicht eine Lösung. Eine Schwäche, die sie besitzen, möglicherweise?«

»Ganz meine Enkelin«, sagte der Professor stolz und bedachte Ella mit einem warmen Lächeln. »Immer Informationen sammeln, damit man die Hintergründe besser versteht. Aus Unverständnis erwachsen Angst und Missverständnisse.« Er schmunzelte, schwieg dann aber ein paar Sekunden. Schließlich sprach er weiter. »Das Geheimnis um die Schattenzwillinge scheint im Verborgenen zu liegen. Auf meinen Reisen habe ich immer mal wieder etwas über sie erfahren, jedoch nur Gerüchte. Damals wollte ich das verschwundene Volk des Flüsterwaldes finden und das Herz des Waldes. Letzteres gelang ja wenigstens.«

»Aber wie können wir dann mehr über die Schattenzwillinge herausfinden?«, fragte Lukas.

»Ihr müsst zur Quelle allen Wissens«, erklärte der Professor. »Der Chronist des Waldes. Ihn gab es schon vor den dunklen Jahren. Wenn es etwas über die Schattenzwillinge zu erfahren gibt, kann er es euch mitteilen. Er sammelt und archiviert das gesamte Wissen des Waldes seit dem Anbeginn der Zeit. Natürlich müsste es auch das Herz des Waldes wissen, aber da es auf Felicitas und ihre Mutter aufgeteilt ist, wird es keine Antwort geben können.«

»Apropos Wissen, ich sollte mitschreiben«, rief Rani dazwischen und kramte ungeduldig in seiner Felltasche herum. Plötzlich fuhr er kerzengerade in die Höhe. »Mein Buch ist weg. Bestimmt habe ich es in der Blinzelbahn verloren. Jetzt wird der Flüsterwald nie die Wahrheit über die Menschen erfahren!«

Pera griff in ihren Fellsack und streckte es ihm mit dem Greifschwanz herüber. »Ich habe für dich darauf aufgepasst.«

Rani nahm das Buch mit glänzenden Augen entgegen. »Du bist so … toll.«

Lukas schlug sich mit der Hand gegen die Stirn. »Können wir wieder zum eigentlichen Thema zurückkommen?«

»Aber ich habe mein Buch doch wieder«, sagte Rani.

»Das eigentliche Thema waren die Schattenzwillinge.« Lukas' Geduld neigte sich dem Ende zu. »Du erinnerst dich doch noch?«

»Natürlich! Du etwa nicht?« Rani schnappte sich seine Brille, setzte sie wieder auf und begann sich eifrig Notizen zu machen.

»Außerdem ist Frau Stein seit einigen Tagen verschwunden«, berichtete Lukas seufzend dem Professor und brachte das Thema schnell zurück auf den eigentlichen Punkt. »Sie wäre eine wichtige Informationsquelle gewesen. Aber dann ist dieser Chronist wohl wirklich die beste Anlaufstelle für uns.«

Ella klatschte jedoch zufrieden in die Hände. »Seht ihr, ich wusste doch, mein Großvater kennt die Antwort. Wie kommen wir zu diesem Chronisten?«

»Nun ja.« Professor von Thun räusperte sich. »So recht weiß ich das nicht.«

Stille.

»Aber wie sollen wir ihn denn dann finden?« Ella wirkte nicht mehr ganz so zuversichtlich.

»Der Chronist hält sich verborgen, damit niemand ihm

das Wissen des Waldes stehlen kann«, erklärte von Thun. »Stellt euch nur vor, was geschähe, wenn ein Feind des Flüsterwaldes alle Geheimnisse entdeckt? Wir haben ja an den dunklen Jahren gesehen, was passieren kann. Aber es gibt da dieses Gerücht …«

»Ja?«, hakte Lukas nach.

»Es gab da wohl einen recht wissbegierigen Reisenden, der sich auf die Suche nach dem Chronisten begeben hat. Ein Menok, der auf seinen Wanderjahren unterwegs war.«

Rani gefror in der Bewegung, sein Stift mit dem Greifschwanz über dem Papier. »Ein Menok?«

»Ich habe ihn einmal getroffen und er war … speziell. Natürlich absolut … nett.«

»Das sind wir alle«, bestätigte Rani mit einem zufriedenen Nicken. »Nett.«

»Ich könnte es nicht besser sagen.« Lukas verließ sich darauf, dass Rani Ironie weiterhin nicht verstand.

»Und dieser Menok hat den Chronisten gefunden?«, fragte Pera.

Irgendwie war die Teetasse des Professors in ihre Pfoten gelangt, ohne dass es jemandem aufgefallen war. Sie nippte daran und schloss genießerisch die Augen. »Kann ich davon noch etwas haben?« Sie hielt von Thun die Tasse entgegen.

Dieser griff nach der Kanne und schenkte nach. »Wenn man seinen Behauptungen Glauben schenkt, ja.«

»Ja, wir Menoks …«

»Sind toll, schon klar«, unterbrach Lukas Rani. »Wie hieß der Menok denn? Irgendwie müssen wir ihn ja finden, damit er uns alles erzählen kann.«

Der Professor hatte die Kanne zurückgestellt und sank in seinen Sessel. »Wenn ich das nur wüsste. Es war etwas mit dem Buchstaben L. Lo…irgendwas.«

»Lonek!« Rani ließ tatsächlich sein Büchlein fallen.

»Ja genau, so hieß er«, bestätigte der Professor. »Du kennst ihn?«

Rani sprang auf den Boden, schob mit seinem Greifschwanz das Büchlein zurück in seine Felltasche und hoppelte aufgeregt durch den Raum. Ein wenig glich er Felicitas, wenn diese wieder einen ihrer Euphorie-Loopings in der Luft drehte.

»Das ist mein Großmenok!«, verkündete er. »Von ihm habe ich alles gelernt. Er hat schon ganz viele Bücher geschrieben und mir auch das Rechnen beigebracht. Von ihm habe ich mein erstes Notizbuch.« Während er sprach, wurde er immer aufgeregter. »Er ist ein großer Abenteurer, müsst ihr wissen. In seinen Wanderjahren hat er den ganzen Flüsterwald bereist. Ach was, alle Flüsterwälder!«

»Auch den eisigen Wald am Nordpol?«, fragte Felicitas aufgeregt.

»Natürlich. Alle.« Rani streckte die Pfoten aus und gestikulierte wild. »Dort hat er Abenteuer erlebt, das könnt ihr euch gar nicht vorstellen. Es gibt kein Geheimnis, das er nicht kennt. Keinen Ort, an dem er noch nicht war. Und alles steht in seinen Büchern. Er hat eine ganze Bibliothek.«

»Aber das ist doch perfekt«, sagte Lukas. »Wir suchen Lonek und lesen einfach, was er zum Chronisten geschrieben hat.«

»Das geht leider nicht.« Rani sprang zurück auf die Couch und plumpste auf sein Hinterteil.

»Warum?«, fragte Ella.

»Er hat all seine Geschichten in Geheimschrift verfasst, damit niemand sie kopieren kann. Das ist ihm zu riskant. Er möchte nicht dafür verantwortlich sein, dass alle Menoks große Abenteuer erleben wollen, dann steht plötzlich jeder Bau leer. Der Ruhm ist ihm egal. Aber er erzählt den anderen immer am Lagerfeuer davon. Aber in die wirklich geheimnisvollen Geheimnisse hat er nur mich eingeweiht. Ich bin sein Liebling.« Rani deutete mit seinem Greifschwanz in Richtung Lukas. »Von ihm weiß ich auch, dass Menschen drei Wünsche erfüllen, wenn man sie fängt. Und das hat schließlich funktioniert.«

Ella erwiderte besorgt Lukas' Blick. »Das klingt gar nicht gut.«

Lukas nickte. »Aber er ist unsere einzige Chance.«

Rani hatte bis heute nicht begriffen, dass Menschen keine Wünsche erfüllen konnten, wenn man sie fing. Als Lukas in Ranis Falle getappt war, war es purer Zufall gewesen, dass Lukas einen Tennisball (Rani hatte sich Spielzeug gewünscht) und Schokolade (Süßigkeiten) dabeigehabt hatte. Außerdem war der kleine Menok felsenfest davon überzeugt, dass Lukas sein Fell seidiger gezaubert hatte.

»Heißt das, wenn ich euch beide fange«, Pera deutete mit ihrem Greifschwanz zuerst auf Lukas, dann auf Ella, »müsste mir jeder von euch drei Wünsche erfüllen?«

Rani zuckte zusammen. »Daran habe ich gar nicht gedacht.« Er wandte sich Pera zu. »Wir könnten Ella gemeinsam fangen.«

»Aber bekommt dann auch jeder von uns drei Wünsche erfüllt?«

»Das müssten wir testen.« Rani linste zu ihnen herüber, als hätten sie nicht sowieso jedes Wort mit angehört.

»Das funktioniert bei Mädchen nicht«, erklärte Ella. »Nur Jungen erfüllen Wünsche.«

»Und nur einmal«, ergänzte Lukas. »Dann ist die Magie aufgebraucht.«

Rani wirkte nicht überzeugt. Er wechselte einen kurzen Blick mit Pera. Beide sagten gleichzeitig: »Na gut.« Es hätte überzeugender gewirkt, wenn sie danach nicht verschwörerisch gekichert hätten.

»Wir müssen wohl vorsichtig sein«, sagte Lukas leise. »Und jetzt gleich doppelt.«

Der Professor schien das alles überaus amüsant zu finden. Auch Felicitas grinste breit, während sie Punchys Fell streichelte.

»Na dann.« Lukas sprang von der Couch auf. »Auf zu deinem Großmenok.«

Der Menok-Bau

Der Professor nahm Ella das Versprechen ab, auch ja vorsichtig zu sein. Auf keinen Fall durfte sie irgendein Risiko eingehen. Beinahe hätte Lukas laut aufgelacht.

Kurz darauf benutzten sie erneut die Blinzelbahn, um zu Ranis Großmenok zu gelangen. Loneks Bau, in dessen unmittelbarer Nähe auch Ranis Familie wohnte, lag irgendwo im Zentrum des Flüsterwaldes und gehörte zu einem gewaltigen Menok-Landstrich, in dem es zahlreiche Bauten gab.

Als sie die Blinzelbahn verließen – Pera lag auf Ellas rechter Schulter, weil sie wieder umgefallen war –, bot sich der Anblick eines wunderschönen Tals, das auf beiden Seiten von Wäldern umgeben war.

Rani saß auf Lukas' Schulter und betrachtete abwechselnd Pera und den Weg vor ihnen.

»Zweiter Baum von links«, rief er Lukas ins Ohr. »Ja genau. Vorsicht! Nein, nicht du, Lukas, ich meine Ella. Achte auf die Wurzeln. Wenn du hinfällst, tut Pera sich noch weh.«

Felicitas flog über ihnen entlang und drehte einen aufgeregten Looping nach dem anderen.

Als sie an ein paar Büschen vorbeigingen, raschelte es ringsum. Piepsige Stimmen erklangen, gefolgt von einem Kichern.

»Wir können euch längst hören!«, brüllte Rani.

»Hör auf, mir ständig ins Ohr zu schreien«, verlangte Lukas.

»Dann dreh es doch weg. Oder klappe es einfach zu.« Prompt packte Rani mit dem Greifschwanz Lukas' Ohrläppchen, bog es nach oben und verschloss damit dessen Ohr.

»Jetzt kommt endlich raus!«, rief er in Richtung der Büsche. »Wir haben Besuch.« Er deutete auf Ellas Schulter.

Die Büsche hörten abrupt auf zu wackeln. Ein Raunen ging durch die Blätter. »Ist das ein Mädchen?«

Lukas ging davon aus, dass nicht Ella gemeint war, sondern Pera. Diese setzte sich auf Ellas Schulter aufrecht hin und glättete ihr Fell. Huldvoll wie eine Königin schlug sie die Beinchen übereinander, legte die Pfoten auf ihren Bauchsack und winkte mit dem Greifschwanz den Büschen zu.

Als habe jemand eine Konfettidose zum Explodieren gebracht, waren plötzlich überall pelzige Körper. Einige Menoks saßen in den Bäumen, andere lugten aus den Büschen hervor, wieder andere verschwanden in einem Erdloch, nur um an anderer Stelle aufzutauchen.

»Alles untertunnelt«, sagte Rani stolz. »Da fällt mir ein, wie viel wiegt ihr Menschen eigentlich?« Er betrachtete besorgt den Boden. »Nicht, dass ihr noch durch unsere Decke kracht.«

Lukas ging unweigerlich langsamer. Bei jedem Schritt prüfte er, ob die Erde unter ihnen nachgab.

Rani klappte Lukas' Ohrläppchen wieder herunter und flüsterte: »Dort vorne kannst du aufstampfen. Da ist Canis Zimmer. Aber nicht zu weit rechts, sonst triffst du das von Lani. Und der kann echt böse werden. Einmal hat er mir ein Haar herausgerissen und ein anderes Mal Honigpaste ins Fell geschmiert.«

»Stimmt gar nicht«, erklang eine Stimme. »Das hast du selbst gemacht. Weil ich gesagt habe, dass Honig das Fell glänzender macht.«

Sofort kicherten alle Menoks. Sogar Pera.

Rani atmete scharf aus. »Du hast mich ausgetrickst!«

»Aber es hat doch funktioniert, durch den Honig hat es geglänzt.« Jetzt konnte Lukas den Winzling erkennen, der sprach. Lani saß auf einem der Äste des Baumes, auf den sie zugingen. »Und es war lustig, wie du tagelang nach Honig gerochen hast.«

»Die Bienen haben mich gestochen«, flüsterte Rani in Lukas' Ohr. »Das war nicht schön.« An seine Geschwister gerichtet erklärte er huldvoll: »War überhaupt nicht schlimm.«

Plötzlich bekam Lukas Mitleid mit Rani. Es war ja schon nicht einfach mit einer einzelnen Schwester – aber hier gab es gleich Dutzende von Menok-Brüdern.

»Ich mag Honig«, verkündete Pera.

»Wir auch«, erklang es gleichzeitig von allen Menoks.

»Wir lieben Honig«, sagte einer.

»Möchtest du welchen?«, fragte ein anderer.

Sofort verfielen alle in hektische Betriebsamkeit.

»Ich habe das Gefühl, dass Menok-Mädchen bei euch einen ziemlich guten Stand haben«, sagte Lukas.

»Natürlich«, erklärte Rani. »Sie sollen sich wohlfühlen, sonst gehen sie einfach weg. Das wäre schrecklich. Der Bau am Ende des Tals hat sich bis heute nicht davon erholt, dass Sira jetzt einen Bau weiter westlich wohnt.«

Als Lukas das nächste Mal zu Pera schaute, hielt sie ein Blatt in der Hand, in das Honigstücke eingeschlagen waren. Genüsslich biss sie hinein.

»Also daran sollte sich die Schule ein Beispiel nehmen«, sagte Ella grinsend.

In Gedanken sah Lukas seinen Vater vor sich, wie er Ella ein Blatt mit Honig reichte und dabei einen Knicks machte. Unweigerlich musste er grinsen.

Rani gab weiterhin den Weg vor, zwischen den Sträuchern hindurch, vorbei an Baumstämmen. Einer der Menoks wagte es tatsächlich, Punchy am Schwanz zu ziehen. Diese fauchte jedoch einmal kurz und hatte von da an Ruhe.

Die Menok-Jungs versuchten auch, Felicitas Streiche zu spielen. Einer ließ sich am Greifschwanz von einem Ast herunterhängen, um an ihren Haaren zu ziehen. Die Elfe wich mit einem gekonnten Looping aus und verhalf dem frechen Menok-Jungen mit Elfenstaub zu einem kleinen Rundflug.

Als dieser mit zerzaustem Fell und großen Augen wieder auf dem Boden saß, verlangte er: »Noch mal!«

Nach einigen weiteren Minuten erreichten sie den Bau von Ranis Familie. Oder zumindest etwas, das der Haupteingang sein musste. In den Wurzeln eines Baumes gab es winzige runde Türen aus Borke mit kleinen Griffen daran.

Gerade stellten zwei ältere Menoks Schüsseln und Teller

auf einer Decke ab, die sie vor dem Baum ausgebreitet hatten.

»Wir sind rechtzeitig zur Frühnachtsmahlzeit gekommen«, verkündete Rani. »Da müssen wir kurz bleiben, das ist sonst unhöflich.«

»Das ist dann wohl ein zweites Frühstück oder so?«, schloss Ella.

Die älteren Menoks blickten auf und erkannten Rani.

»Ah, da bist du ja wieder«, sagte einer der beiden, es musste der Vater sein. »Leistest du uns heute ausnahmsweise mal Gesellschaft.«

»Wer sind denn deine Freunde?«, fragte die weibliche Menok, die Ranis Mutter sein musste.

Im nächsten Augenblick atmete der Vater keuchend ein. Er hatte Pera entdeckt.

»Ich habe sie gefunden!«, rief Rani. »Das ist Pera. Und sie denkt darüber nach, bei uns einzuziehen.«

Es hätte Lukas nicht gewundert, wenn Ranis Vater einfach umgekippt wäre. Sein Fell hatte sich rötlich verfärbt, er atmete stoßweise.

Auch Ranis Mutter schien verzückt. »Das ist ja so schön.« Sie packte einen der Menok-Jungs mit ihrem Greifschwanz, als er gerade vorbeiflitzen wollte, um sich ein Brot zu stibitzen. »Geh zu deinem Freund Pori und lass ihn wissen, dass bei uns ein Mädchen zu Besuch ist, weil es unseren Bau so toll findet.«

»Aber Pori erzählt das dann doch allen herum«, gab der kleine Menok zurück. »In ein paar Stunden weiß es das ganze Tal.«

Die Mutter nickte eifrig. »Genau. Und sag am besten dazu, dass es ein Geheimnis ist und er es auf keinen Fall erzählen darf. Los, los.«

Der Kleine nickte, schnappte sich das belegte Brot und sauste davon.

»Fühl dich wie zu Hause.« Ranis Mutter winkte Pera herbei. »Cani bringt dir gleich noch ein Flauschekissen und Lani massiert dir das Fell.«

»Ich will das Fell massieren!«, verlangte Rani.

Irgendwie fand sich Pera plötzlich auf einem Sitzkissen wieder, das an einen Thron erinnerte. Hinter ihr standen vier Menonks und balgten sich darum, wer ihr das Fell massieren durfte.

»Ich mache irgendwas falsch«, sagte Ella kopfschüttelnd. »Aua, meine Schulter. Könntest du mal …?«

»Netter Versuch.« Lukas würde sie auf keinen Fall massieren.

Gemeinsam mit Punchy, Felicitas und Ella nahm er am Rand der Decke Platz und sah dabei zu, wie sich das Chaos langsam lichtete. Irgendwann saß die gesamte Menok-Familie auf der Decke. Es gab Erdbeeren, Brot, Pfannkuchen und Honig. Dazwischen lagen auf Tellern Früchte, die Lukas noch nie gesehen hatte.

Die Frühnachtsmahlzeit begann.

»Was führt euch denn hierher?«, fragte Ranis Vater zwischen zwei Bissen.

»Wir möchten Ranis Großmenok besuchen«, erklärte Lukas.

Das Ergebnis war ein ausgespucktes Stück Brot inklusive Hustenanfall.

»Habe ich was Falsches gesagt?«, fragte er.

Ranis Vater sah wütend aus.

Ranis Großmenok

»Wir sprechen nur selten über ihn«, sprang Ranis Mutter schnell ein. »Es gab da einen unangenehmen Zwischenfall.«

»Wenn du damit meinst, dass er unsere Vorratskammer leer geräumt hat, um seine Bücher darin zu lagern, liegst du richtig«, ereiferte sich Ranis Vater. »Es war schon Herbst und der Winter stand kurz bevor. Beinahe wären wir verhungert.«

Ranis Mutter streichelte ihrem Mann liebevoll durch das Fell. »Wir hatten doch noch die fünf anderen Vorratskammern.«

Lukas versuchte, Ranis Geschwister lautlos durchzuzählen. Leider war es unmöglich, da keiner von ihnen lange still saß. Ständig hoppelten sie hin und her.

»Fünf«, wiederholte Ranis Vater. »Jeder vernünftige Menok weiß, dass es in einem Bau mindestens sechs Vorratsräume geben muss! Wenn Pera jetzt bei uns einzieht, sollten es auf jeden Fall acht sein, nur zur Sicherheit.« Er beruhigte sich langsam wieder. »Deshalb haben wir …«

»Ihr habt Großmenok einfach weggeschickt!«, rief Rani anklagend.

Ranis Mutter stemmte beide Pfoten in die Seite und deutete mit dem Greifschwanz auf Rani. »Wir haben ihm einen wunderschönen Bau geschaffen, der drei Steinwürfe entfernt liegt. Er hat jetzt mehr Freiheiten als zuvor und kann uns jederzeit besuchen.«

»Was er glücklicherweise selten tut«, warf Ranis Vater ein. »Er ist ein wenig wunderlich, müsst ihr wissen. Was wollt ihr denn von ihm?« Er richtete seine Frage an Lukas.

Ella knabberte mittlerweile an einer Karotte, Felicitas an einer der unbekannten seltsamen Früchte, die wie Korkenzieher geformt waren.

»Wir brauchen eine Information«, erwiderte Lukas. »Es geht um seine Wanderjahre.«

Ranis Vater blinzelte. Dann begann er schallend zu lachen und wollte gar nicht mehr aufhören. Er fiel auf den Rücken, hielt sich mit beiden Pfoten und dem Greifschwanz den Bauch.

»Was soll das denn jetzt?«, fragte Rani giftig und ballte die Pfoten.

»Gleich bekommt Rani einen Wutausbruch«, flüsterte Cani so laut, dass es jeder hörte.

»Bestimmt hüpft er dann auch wieder wild herum«, kam es von Lani.

Ein paar der Menoks konnte Lukas anhand der Fellmaserung mittlerweile auseinanderhalten.

»Was ist denn so lustig?«, fragte Ella Ranis Vater.

»Nichts, nichts.« Er winkte ab. »Geht nur und fragt ihn.« Er schickte ein Kichern hinterher.

Sie blieben noch ein paar Minuten aus Höflichkeit sitzen, aßen ein wenig und standen dann auf. Rani war der Erste, der davonflitzte.

»Viel Spaß!«, rief ihnen sein Vater hinterher, was ein mulmiges Gefühl in Lukas aufsteigen ließ.

Den Bau von Ranis Großmenok hatten sie tatsächlich nach wenigen Minuten erreicht. Auch hier gab es eine runde Tür im Baum. Daneben standen kleine Schilder, die in die Erde gerammt worden waren. Auf ihnen waren undeutbare Symbole zu sehen.

»Das ist gegen die Buchstabenfresser«, erklärte Rani. »Damit sie die Buchstaben nicht von den Seiten wegessen. Einige haben es dennoch geschafft, deshalb sind die besten

Bücher meines Großmenoks jetzt leer. Das hat er mir erzählt, als ich einmal die Geheimschrift sehen wollte, in der er seine Bücher verfasst.«

Felicitas tippte sich gegen die Stirn, um deutlich zu machen, was sie davon hielt. Glücklicherweise sah Rani es nicht.

Pera trippelte zu den Schildern und betrachtete die Symbole. »Eine gute Idee.«

»Mein Großmenok hat ein Buch voller Symbole, die gegen verschiedene Probleme helfen.«

»Ach, wirklich?« Pera blinzelte aufreizend. »Das musst du mir unbedingt zeigen.«

Ein Rotton überzog Ranis Fell. »Latürnich. Äh, natürlich.«

»Du bist sprachlich so begabt«, hauchte Pera. »Man merkt sofort, dass du viel liest.«

Rani kicherte verzaubert.

Bevor diese Sache noch schlimmer werden konnte, wandte Lukas sich an Felicitas. »Könntest du uns wieder schrumpfen? Ich würde mir die Bücher gerne ansehen und mit Ranis Großmenok sprechen.«

»Aber gern.« Felicitas wirkte erfreut darüber, um einen Zauber gebeten worden zu sein.

Weil ihre Zauber häufig schiefgingen, kam das nicht allzu oft vor. Glücklicherweise war so etwas wie Elfenohren herbeizaubern oder das Schrumpfen mittlerweile Routine für sie.

Sie warf den magischen Elfenstaub in die Luft und murmelte dazu ein paar unverständliche Worte. Die Welt um Lukas machte einen Satz und wuchs in die Höhe. Zumindest sah es für ihn so aus, weil er kleiner wurde.

Ella schrumpfte in gleicher Geschwindigkeit mit ihm.

Sekunden später waren sie so groß wie Felicitas, was etwa einer Armeslänge von Lukas entsprach.

Pera kam herbeigehoppelt und lächelte Lukas zu. »Die Größe steht dir.«

»D…danke.« Irgendwie lächelte Lukas von ganz alleine zurück.

»Wie macht sie das nur?«, sagte Ella leise in Richtung Felicitas.

Rani ballte seinen Greifschwanz und klopfte gegen die Eingangstür.

Aus dem Inneren des Baus war ein Rumoren zu vernehmen, etwas schepperte. Ruckartig wurde die Tür aufgerissen und ein Menok mit Krückstock stand vor ihnen. Auf seiner Nase saß eine Brille, die Farbe des Fells war verblichen. Aus seinem Fellsack lugte ein Hörrohr hervor.

»Ja?«, blaffte er.

»Ich bin es.« Rani lächelte erfreut.

»Welcher bist du?«

Das Lächeln verblasste. »Rani.«

»Weiß ich doch, mein Junge.« Der Großmenok zog Rani in eine Umarmung. »Bist ja der Einzige, der vorbeischaut.«

Er hoppelte in den Bau. Kurzerhand folgten ihm die Freunde, Punchy schloss als Letzte die Tür. Lukas musste sich leicht bücken, genau wie Ella und Felicitas. Die Menok-Bauten waren kleiner als die Gänge im Elfenpalast.

Dafür war es hier gemütlicher. An den Wänden hingen schiefe Bilderrahmen, auf den zugehörigen Leinwänden waren Bücher aufgemalt. Die Regale waren so voll, dass die Bretter sich unter der Last bogen.

Es gab einen einzelnen großen Raum, in dem so ziemlich alles untergebracht war. Eine Schlafkuhle ging davon ab, eine zweite beherbergte Vorräte. An den Baumwurzeln, die aus der Decke ragten, hingen Leuchtkugeln. Bei genauerem Hinsehen erkannte Lukas, dass Glühwürmchen darin herumsausten. Auf dem Boden der Kugeln standen kleine Schalen mit Sirup.

Rani stellte seine Freunde nacheinander vor und wie Lukas vermutet hatte, machte er kein Geheimnis daraus, dass es sich bei Ella und ihm um Menschen handelte.

Ranis Großmenok blickte auf. Schwungvoll warf er den Spazierstock beiseite, verstaute die Brille in seinem Fellbeutel und kam beschwingt auf sie zugehoppelt.

»Wirklich«, hauchte er.

Im nächsten Augenblick sauste der Großmenok um Ella herum, zog testweise an ihren Haaren und kniff ihr in die Nase.

»Aua.« Sie wollte ihn wegscheuchen, doch er stand bereits bei Lukas.

Der Großmenok starrte ihm ins Ohr, stupste seine Wange an und zog ihm die Lippen auseinander, um Lukas' Zähne zu betrachten. »Wsch scholl dasch?«, konnte Lukas nur nuscheln.

»Massive Sprachprobleme«, schloss Ranis Großmenok sofort.

»Er denkt auch langsam«, warf Rani ein, »und stolpert ständig. Genau wie du es in deinem Buch geschrieben hast.«

Lukas riss sich los.

»Ich bin stolz auf dich«, sagte der Großmenok zu Rani. »Wirklich, ganz fabelhaft. Wie hast du sie angelockt? Oder sind sie dir in eine Falle gelaufen?«

Pera war bereits damit beschäftigt, die Bücher im Regal zu durchstöbern.

Als der Großmenok auch Felicitas und Punchy genauer betrachten wollte, fauchte Punchy einmal kurz, womit die Sache erledigt war.

»Wir brauchen deine Hilfe«, sagte Rani, der Lukas' Verärgerung zu bemerken schien.

»Natürlich, natürlich, dafür sind wir Weisen doch da. Worum geht es?«

»Um deine Wanderjahre«, erklärte Rani.

»Oh. Ah. Ja, ja, das waren abenteuerliche Zeiten. Leider haben die Buchstabenfresser ja einen Großteil meiner Heldentaten aus den Notizen gelöscht. Tja.«

»Aber du weißt doch noch gar nicht, was wir wollen.«

»Richtig, richtig. Also?«

»Es geht um den Chronisten«, erklärte Rani. »Du hast doch erzählt, dass du ihn als einziger Menok einmal besuchen durftest.«

»So, so.« Ranis Großmenok setzte die Brille wieder auf. Er kniff die Augen zusammen, als könne er kaum noch sehen. Dann schnappte er sich den Spazierstock und schlurfte mit krummem Rücken zu seinem Sessel. Bei jedem Schritt stöhnte er schmerzgeplagt auf.

»Mein Gedächtnis ist natürlich nicht mehr das Beste«, sagte er heiser. »Aber bestimmt kann ich euch helfen.«

»Das wäre so toll!«, rief Rani.

Pera zog an einem Buch, worauf sich der darübergestapelte Rest verselbstständigte und zu Boden polterte.

Der Großmenok begann zu sprechen.

Die Wanderjahre des Großmenoks

»Es war eine harte Zeit«, begann Ranis Großmenok und wirkte mit jedem Wort noch älter, noch verfallener. »Durch Wind und Wetter bereiste ich den Flüsterwald. Damals war alles rauer als heutzutage, wo sogar die Lachrüben eine vorgegebene Länge haben.«

Sofort sah Lukas ein Bündel lachender Karotten vor sich. Er nahm sich vor, Felicitas zu fragen, was genau Lachrüben waren und ob es sie wirklich gab.

Punchy hatte sich neben Felicitas zusammengerollt und wurde von ihr gestreichelt. Rani saß an den Sessel seines Großmenoks gelehnt und lauschte versonnen. Immer wieder nickte er nachdrücklich. Pera kramte mittlerweile wild in dem heruntergefallenen Bücherstapel.

»Es waren harte Zeiten«, sagte der Großmenok.

»So hart«, bestätigte Rani.

»Manchmal konnte ich viele Flüsternächte lang mein Fell nicht pflegen, es war richtig … struppig.«

Rani schlug die Pfoten vor seinen Mund, gleichzeitig betastete er mit seinem Greifschwanz das eigene Fell. Nachdem er sich versichert hatte, dass es immer noch recht seidig war, atmete er auf.

»Dabei stieß ich in die verbrannten Bereiche des Flüsterwaldes vor, die den dunklen Jahren zum Opfer gefallen waren, ebenso in die tiefsten Tiefen des Meerjaner-Reiches.«

»War der Giftmüll damals auch schon so schlimm?«, fragte Felicitas.

Die Barriere des Flüsterwaldes wies unter dem Meer einen Riss auf, durch welchen giftiger Müll aus der Menschenwelt in die Bereiche der Meerjaner schwappte. Seit vielen Jahren kamen sie nicht mehr an die Oberfläche.

»Welcher Müll?«, fragte der Großmenok verdutzt.

»Der im See«, half Rani aus. »Du kannst dich bestimmt nicht mehr richtig erinnern.«

»Natürlich, natürlich, der Müll. Ganz schlimmer Müll war das. Giftig. Ich musste mir etwas einfallen lassen, damit er mich nicht … vergiftet.«

Lukas beschlich immer mehr der Verdacht, dass Ranis

Großmenok sich die ganzen Geschichten ausdachte. »Und können Sie uns sagen, wo sich der Chronist befindet?«

»Dieser Müll, er war wirklich schrecklich. Aber ich habe es ja geschafft.«

»Und was genau haben Sie da gemacht?«, fragte Felicitas.

»Das ist ein Geheimnis«, erklärte der Großmenok. »Sonst könnte ja jeder die Meerjaner besuchen. Wollen die aber nicht. Sie sind lieber unter sich.«

»Seltsam«, murmelte Felicitas. »Ich habe sie ganz anders in Erinnerung. Total verspielt. Sie haben es über Wasser geliebt.«

»Also, der Chronist …«, setzte Lukas erneut an.

»Äh, ja, das auch. Aber momentan bleiben die Meerjaner lieber alleine.« Der Großmenok winkte ab. »Widmen wir uns doch dem eigentlichen Grund eures Besuchs. Es geht um den Chronisten. Ein sehr schusseliger Geselle, aber man kann nicht bestreiten, dass er … *chronistisiert*.«

»Steht in einem deiner Bücher etwas dazu?«, fragte Rani und deutete auf den Berg, den Pera gerade durchwühlte.

»Buchstabenfresser«, erwiderte der Großmenok. »Scheußliche Gesellen. Alles weg. Aber hier oben ist es ja gespeichert.« Er tippte sich gegen die Schläfe. »Fragt mich also, was immer ihr wissen wollt.«

Stille setzte ein.

»Der Chronist«, half Lukas nach.

»Was ist mit ihm?«, fragte der Großmenok.

»Wo.Ist.Er?« Lukas betonte jedes Wort.

»In seinem Archiv natürlich, wo er sämtliches Wissen über den Flüsterwald gespeichert hat«, kam es prompt zurück. »Du stellst sehr seltsame Fragen, Menschenjunge.«

Lukas verbarg das Gesicht in den Händen und seufzte. Rani war ja bereits schlimm, aber sein Großmenok raubte ihm den letzten Nerv.

»Und wo ist dieses Archiv?«, fragte Ella betont gelassen. Da half wohl auch die Schauspiel-AG nicht mehr viel, denn Lukas erkannte sofort, dass sie langsam hochköchelte. Kurz vor der Wutexplosion war sie immer besonders ›freundlich‹.

»Das wissen wohl nur das Herz des Waldes, ein paar alte Ratsmitglieder und ich.« Der Großmenok nickte bedeutsam und schwer, wie ein greiser Herrscher, der vor seinen Untertanen Hof hielt.

»Ausgezeichnet.« Ella lächelte mit zusammengebissenen Zähnen und stieß jedes Wort hervor. »Dann können Sie uns doch sagen, wo das Archiv ist.«

Rani schaute im schnellen Wechsel immer zu demjenigen, der gerade sprach und war eigentlich nur noch am Nicken.

Mittlerweile hatte Pera ein Buch gefunden, das ihr zu gefallen schien und – *schwupps* – landete es in ihrem Fellbeutel. Sowohl der Großmenok als auch Rani bemerkten es, sagten aber nichts.

»Durchaus.« Der Großmenok räusperte sich. »Das Archiv befindet sich in der Jahreszeitenschlucht.«

Stille.

»Wo?«, fragte Lukas mit gerunzelter Stirn.

»Oh, davon habe ich gehört«, meinte Felicitas. »Die Schlucht liegt hinter dem Gebiet der Teekinder. Es wird empfohlen, sie zu meiden.« Wie angeknipst lag ein Lächeln auf ihrem Gesicht. »Das wird ein Abenteuer!«

»Moment«, stoppte Lukas die Euphorie, bevor aus dem Funken ein Feuer werden konnte. »Zurück zu der Empfehlung, dort nicht hinzugehen. Warum nicht?«

»Das weiß ich nicht«, gestand Felicitas freimütig. »Aber bei der Blinzelbahn warst du ja auch misstrauisch und am Ende hattest du riesigen Spaß mit ihr, richtig?«

»So weit würde ich jetzt nicht gehen.« Lukas knabberte an seiner Unterlippe.

»Vielleicht haben Sie ja noch einen Hinweis für uns?«, fragte Ella den Großmenok.

»Natürlich, jederzeit.« Ein huldvolles Nicken. »Hinweis wozu?«

»Argh.« Ella ballte die Fäuste. »Zu der Jahreszeitenschlucht.«

»Was ist mit ihr?«

Jetzt wirkte Ella, als wolle sie den Großmenok jeden Augenblick packen und so lange durchschütteln, bis sein Gehirn wieder richtig funktionierte.

»Dann finden wir es einfach selbst heraus.« Felicitas war bereits aufgesprungen.

Punchy maunzte kläglich. Ihre Art auszudrücken, dass sie die Jahreszeitenschlucht für eine dumme Idee hielt. Manchmal wünschte sich Lukas, Punchy könnte reden. Sie wäre eine hervorragende Unterstützung gegen allzu überstürzte Abenteuer gewesen. Aber sie war eben eine Katze.

»Und du wirst also in den Bau meiner Familie ziehen?«, fragte der Großmenok an Pera gewandt.

»Ich bin noch unentschieden«, erklärte sie.

»Woher weißt du das, Großmenok?«, fragte Rani.

»Das ganze Tal spricht davon. Cani oder Lani haben es Pori erzählt und ab da war sowieso alles vorbei. Es werden bereits Wetten abgeschlossen und die Festlichkeiten vorbereitet.« Der Großmenok sprang von seinem Sessel und vergaß, dass er eigentlich gebrechlich war. »Du kannst dir jederzeit Bücher bei mir leihen, wenn du so nah wohnst. Und ich erzähle gerne auch von meinen Abenteuern, die wirklich abenteuerlich waren.«

Pera strich sich über ihr Fell, schaute mal in die eine, mal in die andere Richtung und gab vor, zu überlegen. »Ich denke, ein wenig Bedenkzeit brauche ich noch. Das hängt von so vielen Dingen ab.« Sie blinzelte Rani an.

»Wovon denn?«

Pera lächelte verzückt. »Lass uns darüber reden.« Und schon hakte sie sich bei ihm ein und führte ihn aus dem Bau. Im gleichen Augenblick gähnte der Großmenok, machte wieder einen Buckel und humpelte zu seinem Sessel. »Für heute habe ich wohl genug erzählt, die Müdigkeit macht sich doch bemerkbar. Ihr findet sicherlich alleine hinaus.«

Kopfschüttelnd folgte Lukas den beiden Menoks.

Vor dem Bau ließ Felicitas Elfenstaub flirren. Ella und er wuchsen wieder auf ihre normale Menschengröße.

»Also schön, dann suchen wir mal diese Jahreszeitenschlucht auf, ja? Wie kommen wir da am schnellsten hin. Blinzelbahn?«

»Die Schlucht hat keinen Anschluss«, erklärte Felicitas. »Aber ich kann den Uhren-Blinzel-Zauber benutzen, der funktioniert doch ganz gut.«

Sah man davon ab, dass Felicitas sie damit einmal mitten in den dunklen Jahren über einem See abgesetzt hatte.

»Na gut«, stimmte Lukas zu.

Die Freunde nahmen nebeneinander Aufstellung.

»Warum hat diese Schlucht denn keinen Anschluss?«, fragte Ella.

»Zu gefährlich«, entgegnete die Elfe.

»Warum denn das?«, wollte Lukas wissen.

Doch für eine Antwort war es zu spät. Elfenstaub flirrte, Magie wurde aktiv.

Und die Umgebung verschwand.

Das zweite Siegel

Zwischenspiel beim dunklen Magier

Sie wussten, dass er kam.

Oh ja, er konnte die Angst spüren, die vom Flüsterwald ausging und bis hierherschwappte, nach Winterstein. Mittlerweile mussten die beiden Menschenkinder, der Menok und die Elfe den Rat gewarnt haben. Das würde für gehörigen Wirbel sorgen – Chaos, um genau zu sein.

Und sie hatten keine Ahnung, was ihnen noch alles bevorstand.

Vor ihm ragte die vertraute Fassade der Bücherei empor. In den letzten Tagen war sie geschlossen gewesen und – welch ein Wunder – niemand hatte sich dafür interessiert. Als wäre es die natürlichste Sache der Welt.

Die Bewohner waren an dem hellen Stuck, den fein gehauenen Figuren und der breiten Flügeltür vorbeigelaufen. Doch keiner hatte Bücher geliehen oder zurückgebracht. *Sie* hatte eindeutig Magie verwendet. Heute würde er sie von der Bürde des Siegels befreien.

Mit einer schnellen Handbewegung ließ er das Schloss der Tür zerspringen. Verbogene Metallteile fielen zu Boden. Wozu einen Schlüssel verwenden, wenn es auf diese Weise doch viel einfacher ging.

»Ich weiß, dass du hier bist!«, rief er. Und um sie zu ärgern, ergänzte er: »Frau Stein. So nennst du dich ja hier unter den Menschen.«

»Wir *sind* auch Menschen«, erklang ihre Stimme von einer Stelle zwischen den Büchern.

Er fiel nicht darauf herein. Sie hatte Zeit genug gehabt, diesen Ort mit Fallen auszustatten.

»Du bist ebenso wenig ein Mensch wie ich. Wir sind Schattenzwillinge! Darauf solltest du stolz sein.«

»Und wieso glaubst du, ich sei es nicht? Du bist vom Weg abgekommen. Dein Pfad ist dunkel.« Ihre Stimme war so alt wie das Papier in manch einem der Bücher.

Langsam ging er durch die Reihen, machte sich einen Spaß daraus, hier und da ein Buch in Flammen aufgehen zu lassen. »Du hast ihnen dabei geholfen, mich einzusperren.«

»Der Mensch, der du bist, hatte das Recht auf ein friedvolles Leben«, wisperte sie. »Der Schatten musste gebändigt werden.«

Ihre Worte machten ihn wütend. Kurzerhand ging ein ganzes Regal in Flammen auf. Oh ja, seine Kraft wuchs rasant, seit er das erste Siegel zerstört hatte und die Macht des Flüsterwaldes wieder näher lag. Und mit dem Bruch des zweiten Siegels würde er wieder vom Flüsterwald zehren können, vom Herzen des Waldes, dessen Kraft in allem zu finden war. Jedem Baum, jeder Blume, jedem Geschöpf.

»Jetzt bin ich wieder eins. Mensch und Schatten.«

Er kam an einer Sitzecke vorbei, über der ein Regal mit kleinen Figürchen befüllt war. Kinderbücher blieben hinter ihm zurück, er erreichte die Erwachsenenliteratur. Hier gab es Science-Fiction-Romane, schließlich Krimis.

Am Ende des Raums zweigte eine Tür seitlich ab. Eine Treppe führte in die Höhe. Er stieg hinauf. Die Stufen knarzten bei jedem Schritt, wie die Knochen von Frau Stein es längst tun mussten. Die Zeit nahm ihnen stets zuallererst die Jugend.

Das zweite Siegel befand sich nicht im Keller des Hauses, es war auf dem Speicher, er konnte es spüren. Die Vollendung eines mächtigen Zaubers, vollbracht für den absoluten Schutz. Als ob es diesen jemals geben könnte.

Der Speicher war weitläufig und hell, der Boden mit weißen Dielen ausgelegt. Einzelne Säulen ragten hinaus zur Decke, verschnörkelt mit Kreaturen des Flüsterwaldes. Etwas Erhabenes lag in der Luft, als betrete er eine Kathedrale.

Sie stand nur wenige Schritte vor ihm, direkt auf dem zweiten Siegel. Im Schatten des Raums erkannte er ein Bett, auf dem Franklin lag. Der ehemalige Gehilfe des Professors trug sie noch immer – die Kette mit den Schutzsteinen. Wunderbar.

Auch dieser Plan hatte funktioniert. Schließlich hatte er absichtlich das Gegenmittel für das Gift zurückgelassen, das er Franklin verabreicht hatte. Und der Professor hatte exakt das getan, was er sollte. Er hatte Franklin das Gegenmittel gegeben, wodurch dieser zwar überlebte – doch Franklins Geist war weiterhin schläfrig geblieben. Und dem Professor war nichts anderes übrig geblieben, als Franklin die Schutzsteine umzulegen. Nicht mehr lange und sie würden ihm zu seinem Sieg verhelfen.

Mit einer schnellen Bewegung, die an das Werfen eines Lassos erinnerte, griff er magisch nach den Steinen und zog sie zu sich heran.

»Was tust du?!«, fragte Frau Stein.

»Was hier geschieht, habe ich seit vielen Jahren geplant.

Natürlich konnte ich nicht damit rechnen, dass der Assistent des Professors in die Zukunft springt, als ich damals alles in die Wege geleitet habe. Aber ich wusste, dass von Thun nur eine Möglichkeit hat, Franklin zu retten. Er musste ihm die Steine geben. Jetzt gehört die Kette mir.«

Sie streckte ihre Hand aus, wollte sich die magischen Steine zurückholen, doch er hatte den Schutz längst aufgebaut. Ihre Kraft konnte ihn nicht mehr aufhalten. Er war jetzt geschützt vor den Attacken seiner eigenen Art, wie auch den Elfen. Unangreifbar. Noch einmal konnte Felinde von Siebenstern die Macht des Herzens nicht dazu benutzen, ihn zu schlagen. Es wäre wirkungslos.

»Du wirst dabei sein, wenn ich das Herz vernichte und damit den gesamten Flüsterwald«, versprach er.

»Wie kannst du nur so viel hassen?« Ihre Stimme war ein Flüstern, sie musste begriffen haben, dass der Kampf sich dem Ende zuneigte.

»Ich hatte viele Jahre Zeit dafür.« Ruckartig ballte er seine Hand zur Faust. Seine magische Kraft ließ die Steine des Siegels am Boden zerspringen – alle auf einmal. Ja, er wurde stärker.

Bevor Frau Stein auf dumme Gedanken kommen und fliehen konnte, ließ er seine Finger durch die Luft kreisen. Eine Wunde erschien auf ihrer Wange, wie von einem scharfen Messer geschnitten. Blut tropfte zu Boden. Nicht viel, doch auch hier war es genug.

Das Siegel erbebte, Risse durchzogen den Stein. Die Magie zerbrach, wie auch ihr greifbares Abbild. Der Schutz des Flüsterwaldes zerstob wie eine feine Nebelwand, auf die ein zorniger Gott pustete.

Er trat ans Fenster und betrachtete das ferne Schimmern. Er erkannte die Wipfel der Bäume, leuchtend in der Nacht. Magie stob wie Funken von jedem Blatt. Dazwischen waren Silhouetten auszumachen. Elfen, Menoks, Teekinder und viele mehr.

»Wie leicht es am Ende ist«, flüsterte er. »Jetzt habe ich alle Macht. Der Wald ist verloren.«

Er warf ihr einen letzten Blick zu. Sie wirkte erschüttert, war an die Wand zurückgewichen.

Auf ihrem Gesicht lagen tiefe Falten, das Haar war ergraut. Die Jahre waren nicht spurlos an ihr vorübergezogen. Ihre magische Kraft war jedoch noch immer enorm. Ohne die Schutzsteine hätte sie ihn wohl aufhalten können.

Aber er war ein Planer.

Ein Mosaikstein fügte sich an den nächsten. Am Ende lag das Bild offen vor allen. Doch wenn sie es erkannten, war es längst zu spät.

»Ich werde den Wald besuchen«, flüsterte er. »Jetzt.«

»Sie werden dich nicht über die Grenze lassen«, stellte sie klar. »Die Wächter sind längst aufmarschiert. Die Warks stoppen dich.«

»Und dafür muss ich den fleißigen Kindern danken«, sagte er. »Denn wo alle die Grenzen bewachen, achtet doch niemand auf einen alten Übergang, der schon so lange nicht mehr genutzt wird.«

Sie schrie auf, als sie begriff.

Er ging einfach davon. Sollte sie doch die brennenden Wipfel betrachten und begreifen, dass sie am Ende verloren hatte. Die Treppenstufen knarzten noch lauter.

Seine Beine trugen ihn zu dem steinernen Bogen, der erloschen war. Die Bibliotheksbrücke. Eine direkte Passage in den Flüsterwald. Niemand würde erwarten, dass diese sich plötzlich wieder öffnete.

Das Wasser zurückzurufen war ein Kinderspiel. Schon floss es direkt vor ihm, dahinter erkannte er die andere Seite der Brücke.

»Bringen wir es zu Ende.«

Er tat den Schritt.

Und war zurück im Flüsterwald.

Die Jahreszeitenschlucht (Sommer)

Heißer Wind pfiff durch die Luft und ließ Lukas' Haar durcheinanderwirbeln.

Im ersten Augenblick glaubte er, am Rand einer erdigen Wüste zu stehen. Das hier konnte keinesfalls der Flüsterwald sein, den er kannte. Doch hinter ihm standen die vertrauten Bäume, rechts schloss sich eine Lichtung an. Direkt vor ihm gab es zwei hohe Felswände.

»Sieht aus wie eine gewöhnliche Schlucht«, stellte Ella fest. »Was ist denn daran so besonders?« Auch ihr Haar flatterte, als stände sie direkt vor einem Ventilator.

»Niemand wagt sich in die Jahreszeitenschlucht«, erklärte Felicitas. »Angeblich besteht sie aus vier Abschnitten, einer gefährlicher als der andere. Wer hineingeht, kommt verwirrt wieder heraus und kann sich nicht mehr daran erinnern, was er dort erlebt hat.«

»Außer meinem Großmenok«, warf Rani sofort ein. »Er war da. Wenn die Buchstabenfresser seine Aufzeichnungen nicht aufgegessen hätten, hätte er uns bestimmt darin lesen lassen.«

Lukas wusste, dass es das Beste war, zu schweigen. Er glaubte mit jedem Schritt weniger daran, dass Ranis Großmenok in der Schlucht gewesen war. Hoffentlich wohnte der Chronist wirklich dort drin. Ihm fiel keine andere Lösung ein, wie sie die Wahrheit über die Schattenzwillinge aufdecken und den dunklen Magier aufhalten konnten. Und wer weiß, wie viel Zeit sie überhaupt noch hatten.

»Mach dir keine Sorgen.« Felicitas hatte Lukas' besorgtes Gesicht richtig gedeutet. »Der dunkle Magier muss ja erst noch seine Kraft sammeln und am Ende wartet ein ganzes Heer an Warks an der Waldgrenze.«

Lukas konnte nur hoffen, dass der andere Siegelwahrer mehr Erfolg hatte, wenn er sein Siegel verteidigte. Er hatte da ja keine gute Figur gemacht.

»Hoffentlich kann der Chronist uns auch etwas über die Schattenzwillinge erzählen«, mischte sich Ella ein.

»Ihr macht euch viel zu viele Sorgen«, sagte Felicitas. »Machen Menschen das immer?«

»Nein«, erwiderte Lukas. »Manchmal. Schon recht häufig.«

»Aber dann vergeudet ihr so viele Augenblicke, in denen man über schöne Dinge nachdenken könnte.« Sie musste sich eindeutig Mühe geben, nicht schon voraus zum Eingang der Schlucht zu fliegen. Wie immer barst ihr Körper vor Tatendrang.

Da die Mehrheit der Gruppe zu Fuß ging – also alle, außer Felicitas –, benötigten sie mehrere Minuten. Dann lag der Eingang vor ihnen.

»Ich trete in die Fußpfoten meines Großmenoks.« Rani streckte stolz die Brust heraus. »Gehen wir.« Er machte einen ersten Schritt. »Nach euch.«

Lukas zwinkerte Ella zu, weil er genau das vermutet hatte, und setzte sich an die Spitze. Pera versuchte, auf Punchys Rücken zu klettern, was diese jedoch nicht zuließ. Daher sprang Pera nun kurzerhand auf Lukas' Schulter. Rani linste zu Ella, die schließlich seufzend nickte.

So saßen die beiden Menoks auf je einem Menschen und Felicitas schwebte in der Luft. Ihre gerade Fluglinie wurde immer mal wieder von einem Looping unterbrochen. Punchy trabte neben ihnen her.

Seit Felicitas bei ihrer Reise in die Vergangenheit erfahren hatte, dass ihre Mutter sie gar nicht freiwillig ins Internat geschickt hatte, ging es ihr besser. Als Königin Felinde vor vielen Jahren das Herz des Waldes in sich aufgenommen hatte, war ein Teil davon auf Felicitas übergegangen. Und mit ihr gewachsen. Das war zu viel Macht, wenn die beiden in unmittelbarer Nähe waren, vor allem auch da Felicitas ihren Anteil der Magie noch nicht richtig kontrollieren konnte.

»Ich kann etwas sehen«, rief die Elfe.

»Was denn?«, fragte Lukas.

»Da ist nur vertrocknete Erde.«

»Kommt jetzt nicht überraschend, da laufen wir schon drauf.« Ella deutete auf den Untergrund ringsum, der sich nach wenigen Schritten vollständig gewandelt hatte.

Die Sonne brannte von oben herab, hier unten gab es keinen Tropfen Wasser. Hier und da ragte ein verdorrtes Grasbüschel hervor.

»Also das scheint mir eindeutig der Sommerteil zu sein.« Lukas kickte ein Geröllsteinchen davon. »Hochsommer.«

Er erinnerte sich noch genau an diese Temperaturen im letzten Jahr. Kein vernünftiger Gedanke war mehr möglich gewesen, weil die Luft zu kochen schien. Gemeinsam mit Micha war er sogar in einen Springbrunnen in der Stadt gestiegen, um sich ein bisschen abzukühlen.

»Na ja, es gibt Schlimmeres als etwas Hitze«, kam es gut gelaunt von Felicitas.

Rani schirmte sein Gesicht mit dem Greifschwanz ab. »Vermutlich hat sie mittlerweile einen Sonnenstich.« Er flüsterte es so laut in Ellas Ohr, dass es jeder hören konnte.

»Habe ich nicht«, rief die Elfe von oben herunter. »Aber ich habe gehört, dass zu viel Sonne das Fell eines Menoks unflauschig werden lässt.«

Rani erstarrte. »Das denkst du dir bestimmt nur aus.« Er betastete bereits sein Fell.

»Wer weiß.« Felicitas flog gemächlich davon. Mittlerweile wusste sie genau, wie sie Rani zur Weißglut bringen konnte, wenn er mal wieder gemein war.

»Bisher ist es ja wirklich nicht so schlimm«, sagte Ella. »Hast du zufällig Wasser in deinem Rucksack, Lukas?«

Er wollte ihn gerade öffnen, um Ella zu versorgen, als das Beben begann. Innerhalb von Sekunden bildeten sich Risse im Untergrund. Mini-Vulkane brachen aus der Erde und schossen wie Flammen hervor.

»Feuerschutzpulver!«, brüllte Rani Ella ins Ohr.

Pera klammerte sich so heftig an Lukas' Hals, dass dieser kaum noch Luft bekam. »Schütte das Pulver als Erstes über deine Schulter!«, schlug sie ihm nachdrücklich vor.

Wenigstens lockerte sie den Griff, wodurch er atmen und

das Feuerschutzpulver herausholen konnte. Schnell puderte er damit Punchy, Ella, Rani, Pera, Felicitas und sich selbst ein.

Keine Sekunde zu früh. Das Feuerschutzpulver bewahrte sie davor, wie ein Streichholz in Flammen aufzugehen. Doch das ständige Beben erschwerte jeden Schritt. Sie taumelten mehr, als dass sie gingen.

Eine Feuerfontäne zu seiner Rechten ließ Lukas stolpern.

Rani riss panisch die Augen auf. »Pera!«

Doch die war einfach von Lukas' Schulter gesprungen, kam elegant auf dem Boden auf und hielt sich in Punchys Nähe. Die Katze schien einen Instinkt dafür zu besitzen, wo der nächste Vulkan durch die Erde brach.

Mittlerweile konnte Lukas nur noch fliegende Funken, Feuerzungen und aufbrechende Erde erkennen. Sein Haar hing schweißverklebt in der Stirn.

»Dort vorne ist alles verschwommen«, rief Felicitas. »Es sieht aus wie flimmernder Nebel. Das könnte der Übergang zur nächsten Jahreszeit sein.«

Lukas atmete auf. Alles war besser als dieses Inferno. Eine Flamme hätte Ellas Haare angezündet, wenn diese nicht gegen Feuer imprägniert gewesen wären.

Hinter einem speienden Vulkan sah Lukas die verschwommene Nebelwand. Das Ende des Sommerteils der Jahreszeitenschlucht.

In dem Moment brach unter ihm die Erde weg.

Mit rudernden Armen fiel Lukas dem flammenden Inferno entgegen.

Die Jahreszeitenschlucht (Winter)

Lukas fiel.

Unter ihm gähnte ein Abgrund voller Lava, vor der ihn wohl nicht einmal das Feuerschutzpulver hätte schützen können. Doch im Reflex griff er nach einem hervorstehenden Steinbrocken. Sein Sturz wurde gebremst, er schlug keuchend gegen die Wand. Heiße Dämpfe stiegen auf. Kochende Lava kroch unter ihm entlang.

Lukas' Finger krallten sich in den Stein, doch sosehr er sich auch festklammerte, schließlich verlor er den Halt. Schon sah er sich tief unten in der Lava landen.

Stattdessen schwebte er in die Höhe.

Felicitas war so weit in den Spalt geflogen, wie sie nur konnte. Die zarten Elfenflügel waren gegen Hitze und Kälte empfindlich. Es hatte jedoch gereicht, dass der Elfenstaub ihn erreichen konnte, ohne bereits auf dem Weg in der Luft zu verbrennen.

Die Magie trug Lukas in die Höhe.

»… muss er immer wieder gerettet werden«, erklärte Rani gerade Pera. »Auf keinen Fall darf er alleine im Wald herumlaufen. Er würde über eine Wurzel stürzen und …«

»Rani«, sagte Ella gefährlich leise.

»Ich erkläre es dir später weiter«, versprach der Menok seiner neuen besten Freundin.

Lukas kam mit wackeligen Beinen auf. »Danke, Felicitas. Das war echt knapp.«

»Wir sollten uns etwas einfallen lassen, damit wir Spezialpulver zukünftig schneller benutzen können.« Ella war kreidebleich. »Diese Schlucht ist gefährlicher, als ich dachte.«

Sie eilten zu dem wabernden Nebelvorhang, der den Übergang zum nächsten Abschnitt darstellte. Ohne lange zu überlegen, sprangen sie hindurch.

Die Hitze verschwand schlagartig und wurde ersetzt durch eisige Kälte. Wie tausend winzige Nadelstiche spürte Lukas sie auf jeder ungeschützten Stelle seiner Haut. Schneeflocken wirbelten herum, hatten aber nichts Schönes an sich.

»W-w-w …« Felicitas zitterte.

Rani und Pera hingegen schien die neue Umgebung nichts auszumachen. Punchy schüttelte sich lediglich einmal kurz.

»Felicitas«, sagte Lukas besorgt. »Schaffst du das?«

Die Antwort blieb aus. Stattdessen gefroren die Flügel der Elfe mitten in der Bewegung ein. Sie stürzte aus der Luft herab. Mit einem Satz war Lukas unter ihr und fing sie auf.

»Hey.« Besorgt schaute er auf den zitternden Körper. »Kannst du keinen Elfenstaub benutzen?«

»Ich h-habe zu w-wenig«, brach es aus ihr hervor. »Und irgendetwas d-d-dämpft meine M-M-Magie.«

Punchy maunzte sorgenvoll.

Als wollte er diese Sorge bestätigen, nahm der Wind an Stärke zu. Die Schneeflocken wurden härter und trafen wie kleine Kieselsteine auf ihre Gesichter. Lukas zog sich die Kapuze seines Hoodies über den Kopf und stellte Felicitas behutsam wieder auf ihre Beine. Er nahm den Rucksack ab und suchte verzweifelt nach einem Trank oder Pulver, das Felicitas helfen konnte. Doch er fand einfach nichts.

Rani und Pera schirmten die Elfe mit ihren Körpern so gut es ging ab, Punchy schmiegte sich eng an ihren Schützling, um ein wenig Wärme weiterzugeben.

Mittlerweile fühlten sich Lukas' Füße an wie Eisklumpen, denn er trug natürlich gewöhnliche Sneaker, keine Stiefel.

Wer hätte auch schon damit gerechnet, dass sie mal eben einen Abstecher zum Nordpol machten – so fühlte es sich zumindest an.

Lukas nahm Felicitas wieder auf und barg sie in seinen Armen, so gut es ging.

»Ella, hast du eine Idee?« Er sah sich um. »Ella?«

Doch von der Enkelin des Professors war nichts mehr zu sehen. Eben noch war sie nur wenige Schritte neben Lukas durch die Nebelwand gegangen. Leider konnte man in dem Schneesturm keine Armeslänge weit blicken. War sie in die falsche Richtung gelaufen?

Ein heißer Schreck durchfuhr Lukas. Wenn Ella sich hier verlief, konnte sie erfrieren. Diese Temperaturen hielt niemand lange durch.

In seinen Armen stöhnte Felicitas auf. Ihre Lider flatterten. Sie hatte ihre Arme um den eigenen Körper geschlungen, die Flügel waren ausgehärtet. Der typische Glanz des Elfenstaubes war erloschen.

»Uns muss etwas einfallen, schnell.« Lukas blickte hektisch zwischen Felicitas und der Umgebung hin und her.

Rani streichelte mit seinem Greifschwanz sanft über Felicitas' Gesicht. In seinen Augen erkannte Lukas eine tiefe Sorge, wie er sie nur selten bei dem kleinen Menok entdeckte. Doch das hier war ernst.

»Vielleicht gehen wir erst mal alleine weiter«, schlug Pera vor. »Felicitas könnte mit Punchy auf der anderen Seite der Wand warten. Dort war es zwar heiß, aber direkt vor dem Nebel ungefährlich.«

Verblüfft starrte Lukas auf die kleine Menok, deren Vorschlag Felicitas das Leben retten konnte. Möglicherweise fanden sie noch einen anderen Weg, um Felicitas mitzunehmen, aber so gewannen sie erst einmal Zeit.

Lukas wandte sich der Nebelwand zu, durch die sie die Winterjahreszeit betreten hatten. Doch vor ihm lag nur eine weite Ebene, aus deren Boden spitz zulaufende Eisblöcke ragten. Dazwischen lauerten Gletscherschlünde auf jeden unbedachten Schritt.

»Wo ist der Durchgang?«, fragte Lukas verdutzt.

»Weg«, kommentierte Rani. »Eben war er noch da.« Der Menok ließ seine Ärmchen herabsinken und legte sie auf seinen Fellbeutel, in dem das Buch steckte. Es war nicht anzunehmen, dass dieses mit der Kälte Probleme hatte, doch Rani ging da kein Risiko ein.

»Wir müssen durch diesen Bereich hindurch, schnell.« Lukas wandte sich um.

Die Erde bebte auch hier kurz, als sich plötzlich Gletscher aus dem Untergrund schoben. Überall entstanden Spalten, dazwischen vom Schnee bedecktes Eis. Nur allzu leicht konnte man ausrutschen. Verbarg sich unter einer dünnen Pulverschicht in Wahrheit spiegelglatter Eisboden, rutschte man schnell aus – oder noch schlimmer: in eine Spalte.

Trotzdem musste Lukas sich sputen, damit Felicitas aus der Kälte kam.

»Punchy, kannst du Ella suchen?«, fragte er.

Die Katze miaute und hielt den Blick auf Felicitas gerichtet. Sie war dazu bestimmt, die königliche Linie der Elfen zu beschützen.

»Ich verspreche dir, ich passe auf Felicitas auf«, sagte Lukas. »Aber wir müssen unbedingt Ella finden, sie könnte in eine Spalte gefallen sein. Du bist flink und wendig, bitte.«

Punchy dachte kurz nach, stieß ein Miauen aus und verschwand schließlich zwischen den Schneeflocken.

Je weiter sie vorankamen, desto schwieriger wurde es. Einmal brach Lukas durch eine dünne Eisschicht, doch es war glücklicherweise nur ein kleines Loch. Er zog den Fuß wieder heraus und stapfte weiter.

Mittlerweile rührte sich Felicitas in seinen Armen nicht mehr. Ihre Haut war bleich und kalt.

»Wir schaffen es so nicht!«, rief Lukas durch das Schneegestöber zu Rani und Pera. »Irgendwie müssen wir sie wärmen.«

»Hast du denn keine Felldecke in deinem Rucksack?«, fragte Pera.

»Nein, leider nicht.«

Rani zuckte bei diesen Worten zusammen. »Ich habe eine Idee!«

Bevor er dazu kam, sie zu verkünden, erklang ein seltsamer Laut. Lukas benötigte einen Moment, um ihn zuzuordnen.

Es war das Brechen von Eis.

Einer der gewaltigen Gletscher kippte langsam zur Seite, direkt auf sie zu.

Die Jahreszeitenschlucht (Frühling)

»Lauft!«, rief Lukas.

Sie rannten davon, nicht länger auf die Richtung achtend. Es ging nur noch darum, dem herabstürzenden Eis zu entkommen.

Während sie liefen, zersplitterte der Boden rechts und links, Risse taten sich auf, Eisbrocken flogen durch die Luft. Die Kälte war augenblicklich vergessen. Sie stolperten, rannten, wichen nach rechts und links aus.

Irgendwann waren sie dem einstürzenden Eisberg entkommen. Außer Atem sanken sie auf die Knie. Hinter ihnen existierte keine weite Ebene mehr, die Schneeflocken tanzten jetzt über eine Trümmerlandschaft. Leider waren Ella und Punchy nach wie vor verschwunden.

Rani holte sein Buch hervor und reichte es Pera. Diese schob es in ihren Fellbeutel. Der kleine Menok streckte Lukas den leeren, geöffneten Fellbeutel entgegen. »Felicitas darf sich hineinsetzen.«

Lukas war für einen Augenblick verblüfft, dann lächelte er dankbar. Warum war ihm diese Idee nicht früher gekommen? Felicitas blinzelte, kauerte sich eng zusammen und schlüpfte in den Fellbeutel.

Wie ein Kängurujunges, das bei seiner Mutter in der schützenden Felltasche hockte, saß die Elfe darin. Sonderlich bequem war es sicherlich nicht, doch bereits nach wenigen Sekunden kehrte die Farbe in ihr Gesicht zurück.

»Was jetzt?« Lukas sah sich um.

Er wusste nicht einmal mehr, in welche Richtung sie gelaufen waren. Wo lag die nächste Nebelwand, die in den dritten Teil der Jahreszeitenschlucht führte?

Durch das Schneegestöber konnte man nichts erkennen. Waren sie möglicherweise in die falsche Richtung gelaufen?

Als plötzlich eine dunkle Silhouette aus dem Schnee vor ihnen auftauchte, zuckte er zusammen.

Wie sich herausstellte, war das unnötig.

»Ella!«, rief er.

Sie hielt ihren Arm in die Höhe, an dem sich der Magiedetektor des Professors befand. Punchy maunzte erfreut und schoss auf Felicitas zu. Sanft strich sie mit ihrem Schwanz über das Gesicht der Elfe.

»Wo warst du?«, fragte Lukas.

»Hinter der Nebelwand war auf einmal überall Schnee, ich bin getaumelt, habe die Orientierung verloren. Aber irgendwann ist Punchy aufgetaucht. Ständig hat sie auf das Armband getippt, bis ich es verstanden habe. Die Steine können doch Magie orten. Auch Elfenmagie.«

Lukas schlug sich an die Stirn. »Und als es Felicitas wieder besser ging, konnte das Band sie finden. Genial. Danke, Punchy.«

Ein hoheitsvolles Miauen war die Antwort.

»Und der nächste Übergang?«, fragte Lukas ratlos und sah sich suchend um.

»Das ist jetzt kein Problem mehr.« Ella schwenkte den Arm. »Funktioniert wie eine Wünschelrute. Ich muss nur den richtigen Stein finden.« Sie tastete alle ab. »Der hier ist etwas wärmer. Also los.«

Sie blieben dicht beieinander und tatsächlich tauchte kurz darauf in der Ferne die Nebelwand auf. Lukas ging schneller, weil er diesen ungastlichen Ort endlich hinter sich lassen wollte. Ella rief noch etwas, doch er stolperte bereits durch den Nebelvorhang.

Angenehm warme Luft umfing ihn, ein lauer Wind. Das Rascheln der Bäume erklang, überall ragten menschengroße Blumen zwischen saftigem Gras hervor.

Dass es sich hierbei um den Frühling handelte, war Lukas sofort klar. Er drehte sich um und winkte Ella, Felicitas, Rani und Punchy zu, deren Silhouetten noch auf der anderen Seite zu erkennen waren.

Plötzlich spürte Lukas ein Piksen an seinem Hals.

Reflexartig schlug er mit der flachen Hand danach, doch es war kein Insekt. Ein Stachel steckte in seiner Haut. Er war von einem Blütenkelch abgefeuert worden.

»Was …?« Verwirrt zog er ihn heraus.

Zuerst glaubte er, aus der Ferne Ella rufen zu hören. Stattdessen lehnte Micha an einem Baum in Sichtweite.

Das schwarze Haar seines Freundes stand verstrubbelt in alle Richtungen ab und er hatte eines seiner geliebten Comics dabei.

»Wie kommst du denn hierher?« Freudestrahlend rannte Lukas zu ihm.

»Ich dachte, ich schaue mal vorbei.«

»Endlich.« Lukas wollte ihn umarmen, doch eine unsichtbare Kraft hielt ihn davon ab.

»Ein bisschen mehr Mühe musst du dir schon geben.« Micha begann, in seinem Comicheft zu blättern.

Lukas strampelte gegen diese seltsame Kraft an, doch was er auch tat, er konnte seinen Freund nicht umarmen. Schließlich gab er auf. »Ich verstehe das nicht.«

»Passiert.« Micha zuckte mit den Schultern. »Willst du auch einen?«

Wie von Elfenstaub gezaubert lag ein Muffin in seiner Hand. »Sind echt lecker.« Er mampfte, die Backen so voll wie Rani, wenn er Schokolade in die Finger bekam.

»Klar.«

»Nimm dir einen.« Micha deutete mit einem Kopfnicken nach links.

Wo zuvor Blütenkelche gewesen waren, standen jetzt hüfthohe Schränkchen, auf denen Muffins in allen möglichen Geschmackssorten auslagen.

»Wow.« Lukas ging die Reihe entlang, konnte die Augen nicht von den leckeren Süßigkeiten nehmen.

»Ich empfehle ja den blauen mit den roten Smarties darauf.« Micha stand hinter ihm und deutete auf den besagten Muffin.

Die roten Smarties liefen seltsam Spitz zu, fast sahen sie aus wie Zähne. Zuckersirup tropfte an ihnen herab.

Lukas streckte die Hand aus.

Wieder packte ihn eine unsichtbare Kraft und hielt ihn davon ab, den Muffin zu essen.

»Was ist das hier?«, fragte er.

»Tja, Magie«, sagte Micha bedauernd. »Sie hält dich davon ab, dass du dir etwas Gutes tust. Um diesen Teil der Schlucht zu durchwandern, musst du dich gegen sie durchsetzen.«

Die Worte klangen absolut logisch für Lukas. Gedankenverloren kratzte er sich über die Stelle am Hals, wo der Giftstachel ihn getroffen hatte.

Dann warf er sich blitzschnell nach vorne, um den Muffin zu packen, doch wieder wurde er abgehalten. Wütend trat und schlug er um sich. Der Widerstand wurde schwächer, dann wieder stärker. Als zerrten Finger an seinem Hoodie, hielten Arme ihn fest umschlungen.

Die Magie war zu stark.

»Das war wohl nichts«, rief Micha und ging langsam neben ihm her. »Sieht für mich so aus, als würdest du nicht weit kommen. So kannst du den Chronisten kaum finden.«

»Woher weißt du von ihm?«, fragte Lukas.

Die Einstichstelle an seinem Hals juckte jetzt stärker. Er versuchte, sich gegen den Widerstand der unsichtbaren Magie zu wehren, doch es war zwecklos.

Überall schillerten Blumen mit geöffneten Kelchen, dazwischen standen Tischchen mit Muffins oder Schokolade,

Limonade und Eis. Wie gerne hätte er sich jetzt dorthin gesetzt, um zuzulangen.

»Jeder weiß doch, wer der Chronist ist.« Micha winkte mit gerunzelter Stirn ab. »Oh, schau mal. Bücher.«

Lukas blieb wie vom Donner gerührt stehen. Ein Regal wuchs zwischen zwei Büschen in die Höhe. Auf jedem der Bretter stapelten sich Bücher von seinen Lieblingsautoren. Darunter hing ein Schild, auf dem Stand: »Jedes Buch mit Autogramm.«

Lukas musste unbedingt in ein paar der Bücher hineinschauen! Und der Chronist hatte bestimmt nichts dagegen, wenn Lukas eines davon mitnahm.

Mit all seiner Kraft bäumte er sich gegen den unsichtbaren Widerstand auf und rannte auf das Regal zu.

Die Jahreszeitenschlucht (Herbst)

Peras ~~Ranis~~ heldenhafte Abenteuer

(Nur Gastautorin!)

Einmal passte Rani nicht auf und beinahe wäre es um Lukas geschehen gewesen. Mit ausgestreckten Armen rannte der auf eine der Pflanzen zu, in deren Blütenkelchen spitze Dornen funkelten. Sie waren eindeutig giftig, vermutlich tödlich.

Todesmutig rannte ich, Pera, in Windeseile an allen anderen vorbei.

Wir weiblichen Menoks haben eine natürliche Grundgeschwindigkeit, die uns allen anderen überlegen macht. Selbst Katzen schaffen es nicht, uns zu überholen. Natürlich war das kein Wettlauf, es ging darum, Lukas vor seiner eigenen Verwirrtheit zu retten.

Es war ja laut Rani generell nicht so gut um ihn bestellt, aber das Gift eines Stachels hatte ihn völlig verwirrt.

Ich stoppte also meinen Sprint, kam elegant zum Stehen und rief: »Na gut, Punchy, du darfst ihn retten.«

Die Katze warf sich zwischen Lukas' Beine, woraufhin dieser stolperte und hinfiel. Seine ausgestreckten Arme berührten den Blumenstängel. Daraufhin beugte dieser sich nach vorne, die spitzen Dornen des Blütenkelchs sahen aus wie die Zähen eines gewaltigen Poltakarks, sagt Rani (eine genaue Beschreibung zu diesen Kreaturen findet sich im 23. Buch der Abenteuer seines Großmenoks). Immer näher kamen die Dornen Lukas' Gesicht und was tat der? Er streckte die Hände danach aus.

Ich werde die Notizen von Rani ab jetzt alle testlesen und dabei die Kapitel über Menschen anpassen. Ihre Hilfsbedürftigkeit und Verwirrung muss noch stärker hervorgehoben werden.

Nun ist Punchy eben eine Katze und deshalb schwach. Sie konnte Lukas nicht wegziehen und verlegte sich darauf, mit ihren Tatzen nach seinen Händen zu schlagen.

Felicitas wollte helfen, doch einige der Blumen verschossen ihre Stacheln und so musste sie in wilden Loopings ausweichen. Wenigstens hatte sie die schon tausendmal geübt, die gefährlichen Pfeile flogen weit an ihr vorbei.

Das Menschenweibchen Ella war jetzt auch endlich angekommen und sprang auf Lukas, als sei er die Schlafunterlage in einem flauschigen Strohnest. Er keuchte auf.

Dann sagte er zu Ella: »Muffin.«

Rani behauptet, er habe schon gehört, dass Menschen sich gegenseitig Spitznamen geben. Auf Grundlage seiner Forschung gehe ich davon aus, dass es sich hierbei um geheime Zaubernamen handelt. Ellas Name scheint also ›Muffin‹ zu sein.

Lukas begann, mit ihr zu raufen. Beide kullerten über den Boden. Immer wieder versuchte er, auf die Blume zuzukriechen. Aber irgendwann wurde er müde. Während er Ella noch an ihren Haaren zog, flatterten seine Lider und er plumpste auf das Gras.

»Das Gift verliert seine Wirkung«, rief Felicitas. »Wir müssen zum nächsten Durchgang, schnell. Bevor Lukas wieder aufwacht und es doch noch schafft, sich auf die Giftstachel zu stürzen.«

Wie stellte sie sich das immer vor? Während sie fröhlich wie ein Vogel mit Zuckerschock über uns hinwegsaust, müssen wir ständig laufen. Ich bin das ja gewohnt, aber man muss doch auch Rücksicht auf die Menschen nehmen. Und die Katze.

Rani rief mir zu, dass ich schneller sei, als jede Elfe und selbst eleganter als die Katze. Und meine Streifen sähen so schön aus neben den Giftpflanzen. Dabei merkte ich nicht, wie sich eine der Blumen zu mir herunterbeugte.

Vor Schreck habe ich das Buch fallen lassen, um auszuweichen. Es war überaus knapp. Beinahe hätten die Giftdornen mich ebenfalls getroffen.

Als Menok-Mädchen muss man mir natürlich gar nicht helfen, ich weiche problemlos einem Blütenkelch aus. Trotzdem sollte Rani mich das nächste Mal schneller warnen!

Felicitas setzte ihren Elfenstaub ein und ließ Lukas kurzerhand schweben. Das Flugpulver wäre auch eine Möglichkeit gewesen, aber wenn Lukas durch das Gift noch verwirrt war, wäre er womöglich direkt zurück zu seiner Lieblingsblume geflogen. Daher nahm Rani nun seine rechte Hand, Punchy ringelte ihren Schwanz um seine linke. Ich setzte mich auf Lukas' Bauch, um auf ihn achtzugeben und hilfreiche Kommandos an alle weiterzugeben. Felicitas beobachtete den Himmel.

Immer wieder mussten wir einen Bogen um gefährliche Giftpflanzen machen, aber letztlich erreichten wir so, dank mir, den Übergang zur letzten Jahreszeit.

An dieser Stelle sprang ich von Lukas herunter und hoppelte zu seinen Füßen, um ihn anzuschieben. Mit einem energischen ›Los!‹ gab ich das finale Kommando und brachte uns so in Sicherheit.

Wir glitten über die Schwelle und hinein in den Herbst.

Hier wirkte alles recht normal. Lukas gähnte und erwachte endlich wieder. Wir erklärten ihm, dass er verwirrt gewesen war und mein schnelles Eingreifen ihn gerettet hatte. Er hatte Tränen in den Augen, als er mir dankte: »Ich feiere den Tag, an dem du aus dem Silberglanzblock befreit wurdest und werde dir bald auch drei Wünsche erfüllen. Vielleicht bekommst du auch noch einen vierten. Du bist einfach eine Heldin. Rani könnte sich glücklich schätzen, wenn du in seinen Bau ziehst.«

Ich gab mich bescheiden und winkte ab.

Wir gingen also weiter, vorbei an Bäumen, deren gelbe Blätter zu Boden fielen. Laub bedeckte den feuchten Waldboden. In der Luft lag der Geruch von Herbst und Sonnenschein. Es war ein Idyll. Überall standen Bänke in verschiedenen Größen, um sich darauf auszuruhen.

»Dein Haar ist ja weiß«, sagte Lukas irgendwann zu Ella.

Von da an ging es ganz schnell. Lukas wurde alt. Richtig alt. Er hat Rani einmal erklärt, dass Menschen ab dreißig in Rente gehen. Das ist wohl der Kuschelbau für Menoks in den besten Jahren.

Aber Lukas musste inzwischen viel älter sein. Denn er ging gebückt, hatte graues Haar und ganz viele Runzeln auf der Stirn. Bei Ella war es genauso.

Punchys Fell war verblichen und jeder ihrer Tapser wirkte schwerfällig. Sie miaute kränklich. Einmal dachte ich tatsächlich, dass sie einen wütenden Fluch ausstößt. Aber das muss ein Irrtum sein, denn sie kann ja nicht sprechen.

Rani war auch alt. Zufrieden stellte er fest, dass sein Fell länger geworden war – und angeblich seidiger. Schnell setzte er die Brille auf seine Nase. An einem kleinen See blickte er ins Wasser. Tatsächlich sah er aus wie sein Großmenok und freute sich darüber.

Auf seine Frage, ob wir so alt bleiben könnten, bot Ella an, Rani doch in den See zu werfen. Auf ihre alten Tage scheint sie rabiater geworden zu sein.

Jeder Schritt fiel uns schwerer, ich gebe zu, auch mir. Während ich auf der einen Seite auch diese Situation wie eine Heldin meisterte, war es doch schwierig, weil der Rücken ständig wehtat. Und der Greifschwanz. Und die Ohren. Typische Alterserscheinungen.

»Ab jetzt trage ich Frau Binkel die Einkaufstaschen nach Hause, wenn ich sie mal wieder sehe«, sagte Lukas stöhnend.

»Ich kann mich nicht mehr gerade halten«, kommentierte Ella. »Und ich bin so müde.«

»Ich auch.« Lukas gähnte.

Dabei hatte er doch eben geschlafen.

Felicitas wirkte wie eine ausgeruhte Sternschnuppe. Sie flitzte über die Baumwipfel und rief uns noch zu: »Ich schaue mal, wo das Ende der Schlucht ist.«

»Sie hat so viel Kraft«, merkte Lukas an. »Allein vom Zuschauen werde ich müde.«

»Vielleicht sollten wir uns kurz hinsetzen und schlafen.« Ella deutete auf eine Bank.

Natürlich war ich absolut dagegen, aber auf mich als noch unbekannte Heldin hört ja niemand. Also setzten sich Lukas und Ella auf eine Menschenbank. Für Punchy stand zufällig auch ein Kratzbaum daneben. Sie kletterte schwerfällig auf eines der Podeste und streckte sich aus.

Rani und ich entdeckten eine Menok-Höhle aus Holz. Lukas deutete grinsend darauf und saget: »Sieht aus wie eine Hundehütte.«

Vermutlich war er immer noch vom Gift der Blume verwirrt.

Wir ignorierten ihn und krochen hinein. Aneinandergekuschelt dösten wir vor uns hin. Und schliefen schließlich ein.

Die andere Seite der Schlucht

»He!«, erklang eine Stimme.

Vor Lukas schwebte ein wunderschöner, heller Stern. Einer, dessen winzige Finger seinen Kragen gepackt hielten und daran zerrten. Zuerst wollte er sich wehren, doch dann spürte er die Kraft, die von dem Licht ausging.

»Felicitas?«

»Ihr dürft nicht schlafen«, sagte sie. »Ich war nur kurz weg, aber ihr seid noch älter geworden.«

Was Lukas gar nicht glauben wollte. Erst als die Elfe zu Ella flog, um auch sie zu wecken, kehrte der schmerzende Rücken zurück.

Lukas hatte genug von alldem. Zuerst war er von einem Giftpfeil getroffen worden, der ihn halluzinieren ließ. Ständig hatte er Micha gesehen und Muffins auf Blütenkelchen. Die unsichtbare Kraft, die ihn aufgehalten hatte, waren seine Freunde gewesen. Er musste Punchy wohl für die Kratzer auf seinem Handrücken dankbar sein.

Und kaum, dass er diese Attacke überstanden hatte, fühlte er sich uralt und schwach.

»W-was?« Ella blinzelte.

»Wir sind eingeschlafen«, kommentierte Lukas.

»Ach?«

Mehr sagte sie nicht. Reden war anstrengend. Felicitas zuzusehen, wie sie auch die beiden Menoks weckte, ebenso. Doch irgendwann standen sie alle wieder aufrecht. Die Elfe blieb exakt in ihrer Mitte und das warme Licht, das von ihr ausging, verhinderte, dass sie erneut einschliefen.

So ging es gemeinsam weiter durch den Laubwald. Gemütlich und langsam. Das schonte die Gelenke.

»Diese Magie ist gemein«, sagte Felicitas. »Aber wieso wirkt sie nicht auf mich?«

»Tut sie doch«, sagte Rani. »Du siehst auch alt aus.«

Dabei linste er ständig zu Pera hinüber, die sich sein Büchlein »geliehen« hatte. Mit einem eigenen Stift schrieb sie darin herum. Immer, wenn Rani nah genug herankam, um ihr das Buch wieder zu entreißen, sagte sie: »Ich schreibe so gerne. Das würde ich dann auch in eurem Bau tun.«

Worauf er grummelig auf Abstand ging.

»Aber ich bin nicht müde«, beharrte Felicitas. »Es fühlt sich an, als wäre in mir eine Wärme, die mich beschützt.«

»Wenn ich raten müsste«, vermutete Lukas zwischen keuchenden Atemstößen, »ist diese Wärme das Herz des Waldes.«

Es musste Felicitas irgendwie beschützen. Was durchaus Sinn ergab. Immerhin besaß es sonst keinen Körper mehr, in dem es wachsen und herumreisen konnte.

»Ist es noch weit?«, fragte Ella und hielt sich den Rücken. »Diese Kreuzschmerzen sind kein Spaß.«

Sie funkelte Rani böse an, der gerade Anstalten machte, an ihr heraufzuklettern. »Denk nicht einmal daran.«

»Sei nett zu mir, Muffin«, sagte der Menok.

»Was?« Verdutzt blickte Ella ihn an.

»Ich wusste es, der geheime Name zeigt Wirkung.« Zufrieden stemmte er die Pfoten in die Seite und blinzelte Lukas mit einem Auge übertrieben zu. »Ich verrate es nicht.«

»Aha«, sagte der nur.

Ranis Gedankengänge waren so anstrengend, er wollte ihnen gar nicht folgen. Wenigstens verzichtete Rani darauf, an Ella hochzuklettern. Dafür beobachtete er sie jedoch weiterhin genau. Es juckte ihn sichtlich in den Pfoten, wieder etwas in das Büchlein zu schreiben, doch Pera war immer noch damit beschäftigt.

»Es braucht auch eine weibliche Heldin«, murmelte sie und schrieb.

Sie überquerten eine gerundete Holzbrücke mit Geländer. Das Wasser darunter plätscherte friedlich daher, ganz anders als die lebendigen Flüsse im übrigen Wald.

Irgendwann erreichten sie die hoffentlich letzte Nebelwand. Was dahinter lag, war nicht zu sehen, aber mit etwas Glück endete ihre Reise durch die Jahreszeitenschlucht damit. Es sei denn, es gab eine fünfte Jahreszeit im Flüsterwald, was Lukas keine Sekunde gewundert hätte.

Je näher sie der Nebelwand kamen, desto schwächer wurden die Schmerzen in seinem Rücken. Plötzlich konnte er wieder gerade gehen, die Runzeln auf seinem Handrücken verschwanden. Als er seine Wangen betastete, war die Haut glatt. Auch Ella bekam mit jedem Schritt ihre Jugend zurück, Punchy sprang bereits wieder und Rani wirkte richtiggehend bedrückt.

Dann standen sie direkt vor der Wand.

»Dahinter wartet jetzt hoffentlich eine gemütliche Bibliothek, in der ein freundlicher Chronist uns begrüßt. Es gibt Limonade, Tee und wir bekommen alle Antworten«, sagte Ella.

Lukas war da skeptischer, wollte aber nicht der Spielverderber sein. Positives Denken war angesagt, jawohl. Seine Mutter wäre so stolz auf ihn.

Gemeinsam taten sie den letzten Schritt durch den Nebel.

Auf der anderen Seite erwartete sie ein ähnliches Bild wie bei ihrem Betreten der Schlucht. Rechts und links ragten zerklüftete Felswände empor. Vereinzelt lugten Grasbüschel aus brauner Erde hervor. Vor ihnen begann ein weiterer Teil des Flüsterwaldes.

»Und jetzt?«, fragte Lukas. »Ich sehe hier kein Gebäude. Wo ist denn der Chronist?«

Rani war ebenfalls verwirrt. »Mein Großmenok hat erzählt, dass am Ende der Schlucht das große Wissensarchiv wartet, wo der Chronist alles aufzeichnet, was seit Anbeginn im Flüsterwald geschehen ist.«

Letztlich hatte auch Professor von Thun auf den Chronisten verwiesen, es musste ihn also geben. Oder war der Chronist eine Legende? Hatte sich Ranis Großmenok alles ausgedacht und das Gerücht gestreut? Waren sie also umsonst durch die Jahreszeitenschlucht gewandert?

»Vielleicht wohnt er ja hinter dieser Tür.« Felicitas deutete auf die Felswand zu ihrer Rechten.

Alle Blicke richteten sich auf die Stelle.

»Welche Tür?«, fragte Lukas.

Rani riss Pera förmlich sein Büchlein aus der Hand, als er sah, dass die Menok ihre Notizen beendet hatte und es ihm hinhielt. Er warf einen Blick hinein und erstarrte. »Du hast ein ganzes Kapitel geschrieben. Aber … da steht ja gar nichts über meine Heldentaten drin.«

»Die schwingen doch sowieso immer mit«, erklärte sie. »Die müssen gar nicht mehr extra erwähnt werden.«

Lukas sah das Gewitter in Form eines Menok-Streits heraufziehen. »Welche Tür, Felicitas?«, fragte er daher noch einmal.

»Könnt ihr sie nicht sehen?« Die Elfe flog näher an die Stelle heran, auf die sie gedeutet hatte.

Sie folgten ihr.

Einige Schritte weiter konnten sie ein Wabern ausmachen – es glitt über die Felsen wie fließendes Wasser. Eine verborgene Geheimtür wurde sichtbar. Eine Flügeltür aus Holz, mit zwei verzierten Messinggriffen, einem an jeder Seite.

»… kreative Freiheit«, verteidigte sich Pera gerade.

»Aber es ist mein Buch«, beharrte Rani.

Das Rauschen des Windes erklang.

»… möchtest du nicht ein breites Publikum?«, fragte

Pera und kraulte mit ihrem Greifschwanz Ranis Nacken. »Menok-Mädchen werden es alle lesen wollen.«

Rani schwieg verdutzt.

Der Wind flaute wieder ab und sie standen direkt vor der Tür, abwartend und vorsichtig.

»Will vielleicht jemand aufmachen?«, fragte Rani. »Oder sollen wir den ganzen Tag herumstehen?« Er drehte sich herum, sodass die Tür in seinem Rücken lag. »Mein Großmenok wäre mutig vorangeschritten.«

Lautlos senkten sich hinter ihm beide Türklinken.

»Ich werde seinen Platz einnehmen und dem Chronisten mit erhobenem Haupt entgegentreten, jawohl.« Rani stemmte seine Pfoten in die Hüfte.

Die Tür öffnete sich, ebenfalls lautlos.

»Warum starrt ihr mich alle an?«, fragte Rani. »Seid ihr wirklich so beeindruckt?«

Er wandte sich wieder um.

Und stand dem Wesen Auge in Auge gegenüber, das in der geöffneten Tür erschienen war. Umgeben von Kälte und Nebel, blitzte ihnen das böse Gesicht eines Warks entgegen.

Der Chronist

Rani erstarrte.

Vorsichtig, eine Pfote nach der anderen, schob sich der Menok zurück. Er krallte sich in Lukas' Hosenbein. »Da ist ein Wark.«

»Gesehen«, krächzte Lukas.

Jetzt blieb ihnen nur zu hoffen, dass die falschen Elfenohren tatsächlich halfen. Andernfalls endeten sie als Statuen. Die Warks kannten kein Erbarmen, wenn es um Menschen im Flüsterwald ging.

»W-wir haben uns im Felsen geirrt«, improvisierte Ella, wie sie es schon tausendmal in der Theater-AG getan hatte. »Eigentlich wollten wir nicht diese Tür nehmen.«

»Welche denn dann?«, fragte der Wark.

»Die andere. Irgendeine.« Lukas schob Rani mit seinem Fuß beiseite.

Da der Menok leider vor Angst erstarrt war, stolperte Lukas über ihn und fiel zu Boden.

»Ihr Menschen seid ständig so schusselig«, kommentierte Rani.

Eine Sekunde später wurde ihm bewusst, was er gesagt hatte, und er schlug sich beide Handpfoten und den Greifschwanz vor den Mund.

»Wir sind erledigt«, krächzte Ella.

»Oh«, sagte der Wark. »Ihr seid Menschen. Das ist so faszinierend.«

»Faszinierend?«, echote Ella. »Das ist aber untypisch für einen Wark.«

»Wark?« Der Wark runzelte die Stirn. »Oh. Ich habe gerade mit Illusionszaubern experimentiert. Wie peinlich.« Unter der Kutte des Warks bewegte sich etwas, dann fiel die Illusion in sich zusammen.

Vor ihnen stand ein altes Männlein, das äußerlich an einen sehr kleinen Menschen erinnerte. Ein Schopf aus roten Haaren ragte zottelig auf. Er trug eine blaue Kutte und besaß Ohren, die wie Schmetterlingsflügel geformt waren. Auf seinem Handrücken wuchs rötlicher Flaum.

»Ich bin der Chronist«, erklärte er.

»Dich haben wir gesucht«, sagte Rani und fand sein Selbstbewusstsein umgehend wieder. »Es ist sehr unhöflich, sich als Wark zu illusionieren. Da bekommt man ja einen Schreck.«

»Du kommst mir bekannt vor. Dieser Ton, diese Aufmüpfigkeit …«

»Können wir reinkommen?«, fragte Lukas schnell. Er traute es Rani zu, dass er den Chronisten so verärgerte, dass dieser sie nicht mehr anhören wollte und kurzerhand die Tür zuschlug.

»Natürlich. Ihr habt schließlich eine Zugangsaura.« Er bedeutete ihnen, einzutreten. »Aber warum habt ihr euch überhaupt den Prüfungen der Jahreszeitenschlucht gestellt?«

»Aura?«, echote Ella.

Der Chronist deutete auf Felicitas. »Ich sehe die Aura des Herzens ganz deutlich. Dir ist jederzeit der Zugang zum Wissensarchiv gewährt, daher hättet ihr nicht erst die Prüfungen bestehen müssen.«

Alle Augen richteten sich auf die Elfe.

»Du hättest das beenden können?« Rani stemmte seine Handpfoten in die Hüfte, sein Greifschwanz deutete auf Felicitas. »Die ganze Zeit?«

»Also das konnte ich ja nicht wissen.« Sie hüstelte. »Aber

letztlich kommt es ja nur darauf an, dass wir jetzt hier sind. Nicht wahr?«

Lukas glaubte für einen Augenblick, seinen schmerzenden Rücken erneut zu spüren. Aber er konnte Felicitas keine Vorwürfe machen. Woher hätte sie wissen sollen, dass sie mithilfe der Aura des Herzens die Gefahren der Jahreszeitenschlucht hätte abwenden können? Das alles war Neuland für sie.

»Dann ist es ja doppelt gut«, sagte er. »Wir haben die Herausforderungen aus eigener Kraft bewältigt. Das bedeutet, wir bekommen Antworten?«

»Ihr dürft auf jeden Fall die Fragen stellen, für die ihr gekommen seid.« Der Chronist nickte eifrig, wobei seine roten Haare auf und ab wippten. »Ob ihr die Antworten bekommt, hängt dann davon ab.«

»Wovon?«, fragte Ella.

»Ob ich sie habe.«

Die Tür hatte sich hinter ihnen geschlossen und nach einem kurzen schmalen Gang betraten sie einen gewaltigen Felsendom. In den Aussparungen der Wand erkannte Lukas verschiedene Erker, in denen Bücher standen, aber auch Regale voller Flakons mit unterschiedlichen Flüssigkeiten. Er fühlte sich an eine Parfümerie erinnert. Braune Holzleitern mit Messingbeschlägen waren mit Schienen verbunden. An der Seite waren Hebel angebracht, vermutlich, um die Leitern zu lenken.

Im Zentrum des Raumes stand ein gewaltiges Wasserbassin. Die Wände bestanden aus Kristallen, kunstvoll verziert durch hineingeschlagene Bäume. An das Bassin schloss einseitig eine Plattform an, auf der Sessel nebeneinander aufgereiht waren. Seitlich waren Hebel und Zahnräder in den Boden eingelassen.

»Das Bassin der Erinnerung«, erklärte der Chronist, ohne auf dessen Funktion genauer einzugehen. »Oder auch Wissensbassin.«

»Davon hat mein Großmenok gar nichts erzählt«, flüsterte Rani.

»Dein Großmenok?«, fragte der Chronist. »Wie sollte er auch davon wissen.«

»Weil er hier war.«

»War er nicht.«

»Das hast du bestimmt längst vergessen«, meinte Rani. »Es ist lange her. Nicht jeder hat so ein gutes Gedächtnis wie mein Großmenok.«

Der Chronist blieb stehen und runzelte verdutzt die Stirn. »Ich bin der Chronist. Ich habe das beste Gedächtnis im Flüsterwald.«

»Ja, ja.« Rani nickte übertrieben deutlich, nur um Lukas

kurz darauf zuzublinzeln und leise zu sagen: »Er hat es vergessen.«

»Das habe ich gehört«, blaffte der Chronist. »Dein Großmenok war nie hier. Er hat den Sommerteil der Jahreszeitenschlucht betreten und eine Flamme hat seinen Greifschwanz getroffen. Er ist zum nächsten See geflitzt, um das Feuer zu löschen. Danach ist er nicht mehr zurückgekommen.«

Rani tippte sich an die Stirn, um zu verdeutlichen, dass er dem Chronisten kein Wort glaubte. Für ihn waren die Erzählungen seines Großmenoks heilig.

Ella schüttelte nur schwer ausatmend den Kopf und winkte ab. Mit Rani zu diskutieren, würde nichts bringen – außer Kopfschmerzen.

»Was ist denn in diesen hübschen Flakons?«, fragte Felicitas, als sie vor einem fast ebenerdigen Erker vorbeikamen. »Ist das Duftwasser?«

Der Chronist lachte auf. »Das wohl kaum, obwohl die Erinnerungen durchaus Gerüche mit sich tragen. Nein, was ihr in diesen Flakons seht, ist Wissen.«

»Oh. Gedanken in magischer Form«, hauchte Felicitas und streckte ehrfürchtig die Hand danach aus.

»Wie man es nimmt. Die Weisesten der Weisen haben ihre Gedanken quasi … ausgespuckt.«

Felicitas' Hand zuckte zurück. »Gespuckt?«

»Irgendwie muss ja alles vom Kopf in den Flakon. Ich habe es dann mit Farbe und Duft versehen – eines meiner Hobbys. Auf diese Art wirkt es irgendwie …«

»Weniger eklig?«, schlug Ella vor.

Lukas kicherte.

»Das auch«, gab der Chronist zu.

Er führte sie zu dem Podest neben dem Wissensbassin und bot ihnen Plätze an. Die Sessel passten sich automatisch ihrer Größe und Form an. Punchy konnte sich wunderbar ausstrecken und Rani kuschelte sich an Pera. Menoks schienen die Nähe ihrer Artgenossen zu suchen.

Ella und Lukas saßen natürlich auf zwei verschiedenen Sesseln.

»Also, was führt euch hierher?«, fragte der Chronist, den Hauch eines Lächelns auf dem Gesicht.

Während er die Frage stellte, wackelten seine Schmetterlingsohren.

»Der Flüsterwald ist in großer Gefahr«, sagte Lukas.

»Habe ich mitbekommen«, bestätigte der Chronist mit ernster Stimme.

»Deshalb benötigen wir alle Informationen zur Herkunft der Schattenzwillinge«, ergänzte Ella.

»Habe ich befürchtet.«

Stille breitete sich aus. Alle warteten darauf, dass der Chronist weitersprach.

Und das tat er schließlich auch.

Das Wissen aller Zeiten

»Wisst ihr, weshalb es die Prüfungen gibt?«, fragte der Chronist, nur um seine Frage im nächsten Moment selbst zu beantworten. »Damit nicht jeder einfach so hierherkommt und Fragen stellt. Was ich hier hüte, ist das gesamte Wissen des Flüsterwaldes. Einiges davon ist sehr persönlich, anderes gefährlich. Die Prüfungen der Jahreszeitenschlucht stellen sicher, dass nur jene zu diesem Ort gelangen, die würdig sind.«

»Und wir haben es geschafft«, freute sich Lukas.

Der Chronist griff nach einem Becher, der bisher nicht da gewesen war, auf einem Beistelltisch, der auch noch nicht da gewesen war. Der Geruch von roten Beeren stieg Lukas in die Nase. Er konnte ihn sofort zuordnen, ohne die Frucht zu benennen.

»Erinnerungen sind etwas Kostbares«, sprach der Chronist schließlich weiter. »Sie beinhalten nicht nur reines Wissen. Der Geruch nach Sonne und Heu, das Laub eines nahen Waldes kann die Bilder eines wunderschönen Sommertages herbeizaubern.«

»Das stimmt«, hauchte Ella.

Lukas erkannte an ihrem Blick, dass sie in einer schönen Erinnerung schwelgte.

»Oder die Bilder eines schlimmen Unfalls, der an einem Sommertag geschehen ist«, sagte der Chronist, woraufhin Ella zusammenzuckte und ihre Erinnerung aus dem Blick verschwand. »Was hier an diesem Ort bewahrt wird, sind Erfolge und Niederlagen, Fehler und Hoffnungen. Es sind die schönsten Augenblicke des Flüsterwaldes, aber auch die dunkelsten. Deshalb bekommen nur ausgewählte Personen Zugriff darauf. Und selbst diese nicht auf alles.«

Während er sprach, wirkte der Chronist nicht mehr lustig und nett in seiner blauen Robe mit dem roten Zipfelhaar. Ernst umhüllte ihn bedeutungsschwer.

»Aber dann ist doch alles gut«, sagte Rani. »Bekommen wir jetzt unsere Antworten?« Er zog sein Büchlein aus der Felltasche, setzte die Brille auf und den Stift an. »Ich schreibe freiwillig mit.«

Der Chronist blinzelte. »Ich bin nicht sicher, ob der

Ernst meiner Worte tatsächlich zu euch durchgedrungen ist.«

»Wir wollen den Flüsterwald vor dem dunklen Magier retten«, sagte Lukas. »Den wir versehentlich selbst befreit haben. Wir wissen, was es bedeutet, Fehler zu machen. Helfen Sie uns, diesen zu korrigieren.«

Der Chronist wirkte zuerst verblüfft, dann nickte er zufrieden. »Ich werde euch die Antworten geben. Und bedenkt, dass der, den ihr ›dunkler Magier‹ nennt, viele andere ebenfalls hereingelegt hat. Ihr habt nichts Böses getan und tragt keine Schuld an dem, was lange vor euch geschehen ist.«

Er stand auf und ließ seinen Blick über die Regale schweifen. Mit trippelnden Schritten ging er zu einer Leiter, stieg hinauf und griff nach einem winzigen Hebel im Rahmen. Der Chronist zog daran und schon setzte sich die Leiter in Bewegung. Als sie in einem der Erker stoppte, kletterte er die Stufen bis ganz nach oben. Dort schnappte er sich mehrere Flakons, schob sie in seine Tasche und kam wieder zurück.

»Was ich euch zeigen werde, ist eine Erinnerungsmischung«, erklärte er.

»Aber wird das nicht sehr chaotisch?«, fragte Ella.

»Im Gegenteil.« Der Chronist baute die Fläschchen auf dem Tisch auf. »Jede Geschichte besteht aus verschiedenen Wahrheiten. Das ist wie bei euren Prüfungen der Jahreszeitenschlucht, die ihr durchgemacht habt. Der Winter war für Ella ein einsames Stapfen durch hohen Schnee, bis Punchy zu ihr kam. Felicitas erinnert sich nur an die Kältestarre. So ergibt sich aus den Erinnerungen eines jeden von euch die Gesamtheit der Geschichte.« Er deutete auf die Flakons. »Das Gleiche gilt für die Vergangenheit. An jedem Sieg und jeder Niederlage waren viele Wesen beteiligt. Manche wussten gar nicht, was sie taten. Andere strebten ein bestimmtes Ziel an. Fehler wurden gemacht, doch auch mutige Entscheidungen getroffen.«

»Ja, ja.« Rani hatte seine Ohren aufgestellt und blickte ungeduldig zu den Fläschchen. »Darf ich sie in die Wanne gießen?«

Das Gesicht des Chronisten entgleiste. »Das ist kein Badezusatz, es sind Erinnerungen! Und das Wissensbassin ist keine Wanne!«

»Heißt das, nein?«, fragte der Menok.

»Nein!«

Sofort kritzelte Rani eifrig in sein Büchlein, vermutlich allerlei »Informationen« über den Chronisten.

»Was notierst du da?«, fragte dieser und seine Schmetterlingsohren wackelten. »Das erscheint mir nicht sehr wahrheitsgetreu.«

»Doch, doch«, sagte Rani und zog sich ein paar Schritte zurück, um ungestört von den Blicken des Chronisten schreiben zu können. »Wir können dann anfangen.«

»Ich will dieses Schriftstück nachher begutachten«, verlangte der Chronist.

Pera saß auf ihrem Platz, betrachtete die Ereignisse wie einen Film und kicherte immer mal wieder. Punchy leckte sich das Fell und wirkte gelangweilt.

Der Chronist zog den Stöpsel von einem der Flakons und kippte den blauen Inhalt in das Wissensbassin. Die Farbe bildete Wirbel auf dem Boden und die Kristallbäume an den Wänden färbten sich ebenfalls ein. Es folgte zweimal Grün, einmal Orange und abschließend ein dunkles Violett.

Die Farben wirbelten kraftvoll im Bassin umher. Formen bildeten sich heraus und verschwanden wieder. Als stritten die Erinnerungen darum, welche von ihnen als Erste angeschaut werden durfte.

»Und mit der Zeit wird aus Chaos …«, begann der Chronist.

Die Farben kamen zur Ruhe, die Strudel lösten sich auf.

»… Ordnung.« Er nickte zufrieden. »Die Geschichte aus Erinnerungen ist bereit, erzählt zu werden. Ihr werdet sehen, hören und hoffentlich verstehen.« Dabei warf er insbesondere Rani einen durchdringenden Blick zu.

»Wir haben ja immer noch nicht angefangen«, sagte der nur.

»Große Geschichten benötigen Zeit«, blaffte der Chronist. »Geduld täte dir auch ganz gut, junger Menok.«

»Ja, ja.«

Der Chronist stand eindeutig kurz vor der Explosion. »Ich werde dich einfach hinauswerfen.«

Lukas warf Felicitas einen auffordernden Blick zu.

Die Elfe seufzte. »Wir brauchen ihn, er gehört zu uns. Und er meinte es nicht so.«

»Tat ich …«

»Rani, sei still!«, verlangte Lukas. »Wir möchten jetzt gerne die Geschichte hören.«

»Ich schweige«, sagte der Menok, schrieb jedoch eifrig weiter.

Lukas dachte bereits darüber nach, ihm den Stift zu entreißen. Doch glücklicherweise wandte der Chronist den Blick ab und trat direkt vor das Wissensbassin. Dort begann er mit rauer Stimme zu sprechen: »Vor langer Zeit …«

Vor langer Zeit

»Wie lang genau?«, fragte Rani.

Zur großen Erleichterung aller bedeutete Pera ihm, zu schweigen. Auch sie wollte die Geschichte hören und so kehrte endlich Stille ein.

»Vor langer Zeit«, begann der Chronist erneut, »lebte ein Volk im Flüsterwald. Es war anders als alle anderen, denn es wuchs rascher und verbrauchte dabei mehr Ressourcen. Anfangs war das kein Problem, doch als es erstmals auch an Gebiete stieß, die ihm nicht gehörten, griff es zu kriegerischen Mitteln.« Der Chronist deutete auf das Wissensbassin.

Dort wirbelten die Farben durcheinander, formten Silhouetten aus und zeigten schließlich Elfen, die ihr Gebiet mit Magie verteidigten. Sie schwebten im Schatten ihrer Bäume, die Angreifer blieben jedoch nebulös.

»Das Herz des Waldes mochte keine Gewalt und entschloss sich nach zahlreichen gescheiterten diplomatischen Versuchen zu einer magischen Lösung. Es verbannte das Böse in die Schatten und löste die Schatten vom Volk der …«

»… Menschen«, hauchte Ella.

»So ist es«, bestätigte der Chronist. »Anfangs funktionierte es hervorragend. Die Menschen wurden friedlich, begrenzten sich auf ihr Gebiet und gingen ihrem alltäglichen Tun nach. Der Friede kehrte zurück, Handel blühte auf.«

Im Wissensbassin wurde die Himmelsstadt mit ihrem Markt sichtbar. Menoks, Elfen, Teekinder und Menschen handelten, lachten, feierten gemeinsam Feste. Es wirkte wie ein Idyll, das sich jeder wünschte. Sonne schien herab und beleuchtete die ausgelegten Stoffe von feinster Qualität neben handgeschliffenen Kristallen.

Doch gerade, als Lukas lächelte, zog ein Schatten auf.

»Bedauerlicherweise gehört das Böse zu jedem von uns. Es ist Teil von allem und lässt sich niemals dauerhaft bändigen. Daher kehrten die Schatten nach einer Weile stärker als zuvor zurück und verschmolzen wieder mit den Menschen. Das war die Geburt der Schattenzwillinge.«

»Aber das bedeutet ja, dass das Herz des Waldes …« Ella wirkte so schockiert, dass sie den Satz nicht zu Ende ausführte.

»Das Herz des Waldes ist dafür verantwortlich, dass die Schattenzwillinge entstehen konnten«, vollendete Lukas Ellas Schlussfolgerung. »Aber ich verstehe das nicht. Frau Stein ist doch zum Beispiel ganz nett. Oder ist ihr Schatten dann böse?«

Der Chronist wirkte ein wenig frustriert, als er antwortete. »Würdet ihr mich nicht ständig unterbrechen, könnte ich euch alles schneller erzählen.«

Rani blinzelte zufrieden. »Also ich war still.«

»Ich auch«, ergänzte Pera.

Punchy maunzte.

Der Chronist schlug sich mit der flachen Hand gegen die Stirn und es hätte Lukas nicht gewundert, wenn er kurzerhand in das Wissensbassin gesprungen wäre. Wer so lange alleine in einer Höhle hauste, kam mit anderen Wesen wohl nicht mehr so gut klar.

Als endlich wieder Ruhe eingekehrt war, sprach der Chronist weiter: »Das Böse hatte sich in den Schatten angestaut und war sogar in der Lage, den jeweiligen Menschen vollständig zu kontrollieren. Die Streitigkeiten flammten wieder auf, blutige Kriege um Gebiete wurden geführt. Das

Herz war untröstlich, hatte es doch mit seiner Magie alles noch schlimmer gemacht. Die Schattenzwillinge waren inzwischen so mächtig, dass sie es selbst schafften, weitere Menschen in Schattenzwillinge zu verwandeln.«

Im Wissensbassin veränderten sich immer mehr menschliche Bewohner des Flüsterwaldes, ihre Schatten wurden stärker, die Augen dunkel.

»Das ist ja schrecklich«, sagte Lukas leise.

»Schließlich blieb nur noch ein Ausweg.« Der Chronist schüttelte mit düsterer Miene den Kopf. »Das Herz nutzte seine Magie erneut, um die Menschen, die sich noch nicht in Schattenzwillinge verwandelt hatten, aus dem Flüsterwald zu verbannen. Sie vergaßen, dass es ihn je gegeben hat. Die Grenzen wurden gezogen und während wir in der Nacht existieren, haben die Menschen den Tag bekommen.«

Ella keuchte auf. »Aber das bedeutet ja, dass die Menschen das verlorene Volk des Flüsterwaldes sind.«

»So ist es.« Der Chronist nickte. »Hier und da finden sich noch Hinterlassenschaften ihrer alten Stätten. Ihre ersten Versuche, Magie zu wirken, Behausungen, Schriften. Sie waren kreativ und erfinderisch. Widmeten sie sich dem Guten, konnte ihre Gemeinschaft alles erreichen. Stritten sie untereinander, waren sie jedoch aggressiver und zerstörerischer als alle anderen. Und während die Zeit verging, breiteten sich die Menschen immer weiter aus. Heute sind sie über die ganze Welt verteilt.«

Lukas starrte geschockt in das Wissensbassin. Dort breiteten sich die Menschen rasend schnell über die Erde aus, Dörfer wuchsen heran, Städte und Länder. Er sah weite Felder und blühende Wiesen, aber auch Fabrikschlote und dreckige Meere.

»Alles hat zwei Seiten«, sagte der Chronist. »Den Mittelweg zu finden, ist nicht leicht. Oftmals versagen wir dabei.«

»Aber was ist mit den Menschen geschehen, die sich bereits in Schattenzwillinge verwandelt hatten?«, fragte Rani. »Habt ihr sie auch verbannt?«

»Das war schwieriger.« Der Chronist öffnete einen weiteren Flakon und kippte ihn in das Bassin. »Die Schattenzwillinge hatten längst das Potenzial ihrer Magie erkannt und waren wütend darüber, dass das Volk der Menschen ihrem Zugriff entzogen worden waren. Denn sie konnten nicht einfach den Flüsterwald verlassen. Als magische Kreaturen zehrten sie vom Herz des Waldes selbst. Sie versuchten, den gesamten Flüsterwald zu ihrem Reich zu machen, obgleich das nicht für alle zutraf. Einigen der Schattenzwillings-Menschen gelang der Ausgleich mit ihrem Schattenteil, sie gingen eine Symbiose ein. Der menschliche Teil bekam den

Tag, der magische Schattenteil die Nacht. Emotionen und Gedanken flossen ineinander, wurden eins. Damit war keine der beiden Seiten mehr gänzlich böse oder gut. Sie lebten in harmonischer Gemeinsamkeit.«

Im Bassin war nun zu sehen, wie ein Schattenzwilling zufrieden lächelnd aus der Menschenwelt in den Flüsterwald zurückkehrte, als die Nacht anbrach. Sein Schattenteil übernahm.

»Die exakte Mitte«, sagte der Chronist.

Doch die anderen Schattenzwillinge wollten ihren Körper eindeutig nicht teilen. Und so begann ein Kampf Schattenzwilling gegen Schattenzwilling. Lukas zuckte zusammen, als dunkle Blitze im Bassin geschleudert wurden, Schattenkreaturen zum Leben erwachten.

Bäume brannten, Erde wurde aufgebrochen. Nebel wallte über verdorrtes Gras.

»Das Herz des Waldes musste erneut handeln«, sagte der Chronist traurig. »Es machte sich bittere Vorwürfe, überhaupt eingegriffen zu haben. Ihr müsst wissen, dass das Herz früher eine viel aktivere Rolle eingenommen hat. Es stand den Ratsältesten zur Seite, wirkte – wo nötig – Magie und schützte den Wald. Es bewahrte diesen Ort, hielt alles zusammen und im Gleichgewicht.

»Was hat es denn getan, um die Schattenzwillinge wieder unter Kontrolle zu bekommen?«, fragte Rani. Er starrte gebannt auf den Chronisten und vergaß dabei sogar das Schreiben in seinem Büchlein.

»Mit der Kraft der Gemeinschaft aller Flüsterwälder wurde etwas getan, was nie zuvor getan wurde. Ein Schattenwald wurde erschaffen. Ein eigener neuer Flüsterwald, in den die Schattenzwillinge geschickt wurden. Es wurde ein Portal geöffnet, das alle einsaugte und dorthin transportierte.«

Ein schwarzer Schlund tat sich auf und saugte alle Schattenzwillinge ein, die sich noch im Flüsterwald tummelten. Sie hatten eindeutig wenig Lust, in den neuen Wald auszuwandern. Einige wehrten sich vehement, doch sie hatten keine Chance. Bis auf einen.

»Oh ja«, sagte der Chronist. »An jenem Tag wurde die Feindschaft der großen zwei geboren. Denn diese beiden waren die Stärksten unter ihnen.« Er nickte schwer. »Und so nahm das Verhängnis seinen Lauf.«

Die großen zwei

»Ein Schattenmeister«, sagte der Chronist, »und eine Schattenmeisterin. Beide ebenbürtig an magischer Kraft. Sie existierte in friedlicher Symbiose mit ihren beiden Hälften: Mensch und Schattenzwilling. Er unterdrückte den Menschen, kontrollierte als Schatten alles. Beide kämpften vier Tage und drei Nächte hindurch, doch keiner trug den Sieg davon. Das Herz selbst hatte seine Macht dazu genutzt, das Portal zu stabilisieren, und hielt dieses noch immer offen. Natürlich war den beiden Kämpfenden klar, dass es nicht ewig so weitergehen konnte.«

Im Wissensbassin waren die beiden Schattenzwillinge wirbelnde Schemen, umgeben von dunkler Magie. Ihr Antlitz war nicht erkennbar, doch zumindest eine der beiden musste Frau Stein sein. Dann war sie weitaus älter als bisher gedacht. Vermutlich alterten Schattenzwillinge nicht so schnell wie Menschen, dachte Lukas.

»Der dunkle Magier hatte jedoch eine Idee, die in ihrer Genialität … nun, das muss man ihm einfach lassen. Er nutzte seine verbliebene Kraft, um das Portal zu schließen und ein Siegel daraufzulegen.«

Stille senkte sich über die Freunde, das Wissensbassin und den Chronisten.

»Aha«, sagte Rani. »Und warum?«

»Kein Sinn für Dramatik«, der Chronist wirkte verärgert. »Nun, er konnte nicht mehr verbannt werden. Wohin hätte das Herz des Waldes ihn nun stecken sollen, damit er keine Gefahr mehr darstellte? In die Menschenwelt, wo er kurzerhand andere Menschen zu Schattenzwillingen gemacht hätte? Stellt euch nur vor, die ganze Welt voll davon. Der Schattenwald war ebenfalls nicht mehr zugänglich.«

Jetzt, da Lukas genauer darüber nachdachte, musste er zugeben, dass der Schachzug des Schattenmeisters tatsächlich raffiniert war. Zwar hatte er damit nicht den Kampf gewonnen, konnte sich aber zumindest Zeit verschaffen, um neue Kraft zu sammeln und später erneut zuzuschlagen.

»Aber dann war er ja ganz alleine«, sagte Rani und ließ seine Ohren hängen.

»Einstweilen«, bestätigte der Chronist. »Doch hätte er den Kampf letzten Endes für sich entschieden, hätte er das Siegel wieder entfernen und alle anderen Schattenzwillinge zurückholen können. Damit hätte er auf lange Sicht gewonnen.«

»Das ist es also, was er will«, flüsterte Lukas. »Er will sie alle zurückholen.«

»So ist es«, bestätigte der Chronist. »Wofür er natürlich zuerst das Herz besiegen muss. Aber eines nach dem anderen. Denn genau das ist der Punkt. Das Portal zum Schattenwald war nun verschlossen und der Schattenmeister stellte nach wie vor eine große Gefahr dar. Einzig das Herz konnte ihn noch aufhalten. Und zum ersten Mal seit langer Zeit war es wütend. Die Zerstörung, die beim Kampf geschehen war, war gewaltig. Daher nutzte es ein letztes Mal die Magie der Aufteilung, um den Schattenmeister zu bändigen. Der Mensch verließ den Wald, ohne zu wissen, dass er ein Schattenzwilling war. Und sein dunkler Teil, der von ihm abgetrennt worden war, wurde eingekerkert in …«

»Das Baumgefängnis«, schlussfolgerte Lukas.

»Nun, es sah damals anders aus. Jeder Gefangene kann die Form verändern, denn es sollen ja humane Haftbedingungen herrschen. Ich nehme an, dass der dunkle Magier es für euch veränderte, damit ihr euch wohler fühlt. So habt ihr auch keine Fragen gestellt, als er euch vorgaukelte, Professor von Thun zu sein.«

Und so griff ein Mosaikstein in den nächsten. Das Bild lag vollständig vor ihnen. Vom Gefängnis aus war es dem Schattenmeister irgendwann gelungen, seinen menschlichen Teil zu kontrollieren. Auf diese Weise konnte er Archibald von Thun manipulieren, damit dieser Flüsterpulver herstellte. Vom Gefängnis aus steuerte er dann seinen menschlichen Teil – und kehrte mithilfe des Flüsterpulvers zurück. Die dunklen Jahre fanden statt.

»Und Frau Stein?«, fragte Lukas.

»Die Schattenmeisterin war untröstlich über das, was geschehen war. Sie bot sich an, als Wächterin in Winterstein zu bleiben, um auf den Schattenmeister achtzugeben. Anfangs übernahm sie die Bibliotheken, die auf beiden Seiten lagen. Doch nach den dunklen Jahren wurde die Verbindung gekappt, die Siegel, die den Flüsterwald beschützten, aufgebaut. Niemand wollte mehr den Hauch eines Risikos eingehen.«

»Und jetzt will er es zu Ende bringen«, sagte Ella. »Was vor langer Zeit begonnen hat. Zuerst besiegt er das Herz des Waldes, damit es ihn nicht wieder von seinen Plänen abhalten kann. Dann öffnet er das Portal zum Schattenwald und holt sie alle zurück. Ein Heer aus Schattenzwillingen.«

Im Wissensbassin wirbelten die verschiedenen Bilder hin und her, traten mal in den Vordergrund oder zogen sich zurück. Da war der Schemen des dunklen Magiers, die freundlich dreinblickende Frau Stein, die Lukas an seinem ersten Tag in Winterstein begrüßte. Sie musste damals bereits gewusst haben, wer er war. Schließlich waren sie sich in der Vergangenheit schon einmal begegnet. Er sah Franklin mit seinen Schutzsteinen, Ella, die ihn von Weitem beobachtete.

Rani hoppelte durch den Wald, wollte unbedingt einen Menschen fangen. Felicitas weinte bitterlich, bevor sie sich dazu entschloss, mit Punchy einen Streifzug durch den Wald zu machen. Die Freunde trafen aufeinander und reinigten das gestohlene Buch.

Schon damals hatte Lukas sich gewundert, weshalb die Tür in der Bibliothek des Flüsterwalds sich für ihn geöffnet hatte. Und wieso in den Fenstern der Bibliothek Winterstein zu sehen gewesen war.

»Es hat immer Frieden gewollt«, sagte Lukas leise. »Das Herz des Waldes, meine ich. Als wir in der Vergangenheit dort waren, dachten wir, dass eines der Symbole für die Menschen steht. Aber es symbolisiert die Schattenzwillinge. Es wollte sie als eines der Völker friedlich im Wald leben lassen.«

»So ist es«, bestätigte der Chronist. »Dass die Menschen gehen mussten, hat das Herz geschmerzt. Doch es war unumgänglich, damit die Schattenzwillinge sie nicht alle in ihresgleichen verwandelten.«

Lukas wusste nicht, was er denken sollte. Auf der einen Seite war das Herz des Waldes selbst für die Entstehung der Schattenzwillinge verantwortlich. Es war tatsächlich sein Fehler gewesen. Doch wie hätte er sich gegen einen solchen Feind gewehrt?

Ihnen einen kompletten eigenen Wald zur Verfügung zu stellen, war doch gar nicht so schlecht. Genau das sagte er auch dem Chronisten.

»Da hast du natürlich recht«, bestätigte dieser. »Aber vergiss nicht, dass das Herz verhinderte, dass die Schattenzwillinge sich zahlenmäßig vergrößern konnten, als es die Menschen fortbrachte. Und dann hat es kurzerhand alle Schattenzwillinge hinausgeworfen. Sie sind von Hass zerfressen, wollen nicht länger, dass eine andere Macht über sie entscheidet. Natürlich kann ich dir nicht sagen, wie es im Schattenwald heute aussieht, das alles liegt weit zurück und es gibt aufgrund des verschlossenen Portals keinen Kontakt mehr. Aber eines ist gewiss: Der Hass des dunklen Magiers kennt keine Grenzen.«

»Das habe ich gemerkt«, sagte Lukas. »Ich stand ihm bereits mehrfach gegenüber.« Er erinnerte sich nur ungern an das Zusammentreffen vor wenigen Stunden beim Siegel.

Rani zog entschlossen mit seinem Greifschwanz die Steinschleuder aus dem Fellsack. »Wenn er noch einmal angreift, werde ich ihm einfach wieder einen Teebeutel an den Kopf schießen.«

Lukas bezweifelte, dass das den dunklen Magier beeindrucken würde. Beim Kampf um das Siegel war es wohl lediglich der Überraschung geschuldet gewesen, dass die Steinschleuder einen Effekt erzielt hatte.

»Aber dann haben wir ein Problem«, meldete sich seit Langem wieder Felicitas zu Wort.

»Nur eins?«, fragte Ella belustigt.

»Der dunkle Magier wird als Erstes das Herz suchen«, sagte sie. »Aber er kann es gar nicht finden. Es ist in meiner Mutter und mir.« Ihr Gesicht wurde kreidebleich. »Wir müssen sie warnen.«

Der Chronist setzte dazu an, etwas zu sagen, als ein hoher durchdringender Ton erklang. Eindeutig eine Warnsirene. Die Wissensfarben im Bassin erloschen.

Und der Chronist wurde kreidebleich.

Kristallalarm

»Was ist das?« Rani sah sich um, die Ohren angelegt.

Felicitas schoss in die Höhe und sogar Punchy ging in Verteidigungsposition.

Der Chronist starrte mit geweiteten Augen auf einen schmalen Durchgang zwischen zwei Regalen. »Der Kristallalarm.«

»Was bedeutet das?«, fragte Lukas.

Gut konnte es nicht sein.

Schon setzte sich der Chronist in Bewegung und das mit gehöriger Geschwindigkeit. Ohne abzuwarten, hefteten sich die Freunde an seine Fersen. Punchy war die Schnellste und lief fast Seite an Seite mit dem Chronisten.

»Was ist der Kristallalarm?«, fragte Rani erneut. Buch

und Brille waren in seinem Fellsack verschwunden. Er hoppelte auf allen vier Pfoten, Pera dichtauf.

Sie erreichten den Durchgang. Hinter den beiden Regalen lugte eine schrundige Felswand hervor. Als der Chronist näher kam, leuchteten zahlreiche Wasserlichter auf, die unter der Decke schwebten. Obwohl Lukas diese schon so oft gesehen hatte, beeindruckten sie ihn jedes Mal aufs Neue.

Das Licht entriss eine seltsame Ansammlung von Gegenständen der Dunkelheit. Der Boden war überzogen von Kristallplatten, in die Linien eingefräst waren. Erst beim zweiten Hinsehen erkannte Lukas, dass der gesamte Untergrund einer Landkarte ähnelte. Die Linien waren Gebietsmarkierungen, Berge und Flüsse. Sogar Brücken und Höhlen waren eingezeichnet.

Dazwischen ragten kristallene Stimmgabeln in die Höhe, zwischen denen ein leuchtendes Gespinst aus Linien waberte. Wie feine Seidenfäden, gesponnen aus Licht.

»Der Kristallalarm ist ein Sicherungssystem, das vor langer Zeit durch das Herz des Waldes eingerichtet worden ist«, erklärte der Chronist. »Er schlägt an, wenn dem Flüsterwald Gefahr droht. Etwas Schlimmes muss geschehen sein, sonst würde er nicht erklingen.«

Er eilte zu einer Kuhle an der Seite, wo mehrere Stimmgabeln gebündelt lagen. Lukas erkannte kleinere aus Messing, größere aus Silber, andere aus Gold und sogar aus Holz. Er fragte sich, wie Letztere eine Resonanz erzeugen konnten. Holz vibrierte doch nicht, oder?

Der Chronist nahm eine Silbergabel auf und eilte zwischen den Lichtfäden hindurch, die waberten und schimmerten. Er schlug mit der Stimmgabel in seiner Hand gegen jene aus Kristall, die aus dem Boden ragten. Er eilte immer weiter, lauschte und berührte erneut eine der Stimmgabeln, schlug sanft dagegen. Die leuchtenden Farben änderten sich, ebenso die Vibration. Der Kristallalarm wurde lauter, dann wieder leiser. Als würde der Ton ihn durch den Raum lenken.

Immer weiter, bis er endlich sein Ziel erreicht hatte. Über einer der Stimmgabeln erschien ein wirbelndes Gebilde in der Luft. Silhouetten zeichneten sich darin ab, ein Wimmeln von Kreaturen.

Zuerst konnte Lukas nicht wirklich etwas erkennen, doch mit jedem Schlag gegen die Stimmgabel wurden die Konturen deutlicher. Die Szene nahm Form an, bekam Tiefe.

»Das ist unser Palast!«, rief Felicitas.

Und tatsächlich, Lukas erkannte das Bauwerk wieder. Filigran ragte es empor, ein Sammelsurium aus luftigen

Räumen und Gängen. Brücken, die gewunden in die Höhe liefen. Bereits bei ihrer Zeitreise hatten sie diesen besucht, es gab jedoch einen gravierenden Unterschied: Damals hatte er nicht gebrannt.

Überall loderten Flammen empor. Zersplittertes Glas lag am Boden, Teile des Palastes waren eingestürzt. Elfen flogen umher und ließen Elfenstaub wirbeln, der vermutlich zum Löschen des Feuers genutzt wurde. Doch die Flammen brannten einfach weiter. Es handelte sich eindeutig um magische Flammen.

»Er ist im Flüsterwald«, krächzte Rani. »Aber wie hat er das geschafft? Wieso haben die Warks ihn nicht aufgehalten?«

Der Chronist schien einer undeutbaren Spur in den leuchtenden Farben zu folgen. Erneut schlug er gegen eine Stimmgabel. Ein weiteres Bild entstand.

Rani stieß ein Wimmern aus, als sich auch hier Farbe, Form und Tiefe herausbildeten. »War das die Bibliothek?«

Selbst der Chronist wirkte erschüttert.

Von dem einstmals imposanten Bauwerk, das hoch in den Himmel geragt hatte, war nichts mehr übrig. Eine Ruine aus zerbrochenem Stein und zerstörten Geschichten.

»Er hat die Bibliotheksbrücke wieder aktiviert«, realisierte Lukas sofort. »Damit konnte er die Warks umgehen.«

Die Verbindung war nach den dunklen Jahren deaktiviert worden, doch davor war es gang und gäbe gewesen, durch den hauchdünnen Wasserfall zwischen den Bibliotheken im Flüsterwald und in Winterstein zu wechseln.

»Die armen Bücher«, hauchte Ella.

»Denen ist nichts passiert«, sagte der Chronist. »Sie sind ja alle magisch gegen Beschädigungen jedweder Art imprägniert. Ich nehme an, dass die Schattenmeisterin sie mithilfe eines Zaubers in Sicherheit gebracht hat, bevor die Bibliothek zerstört wurde.« Er schluckte. »Bauwerke können neu errichtet werden, die Bücher mit ihren Geschichten wären unwiederbringlich verloren gewesen.«

Der Chronist eilte zur Kuhle mit den Stimmgabeln, nahm zwei davon hervor und kam zurück. In kurzer Folge schlug er gegen verschiedene Kristallgabeln und erschuf damit gänzlich neue Farbkombinationen.

Lukas benötigte einen Augenblick, um das Geschehen einzuordnen. Schließlich erkannte er, dass sie einen Blick in die Vergangenheit warfen. Die Bibliothek setzte sich wieder zusammen und kurz darauf sahen sie die Ereignisse, die zu ihrer Zerstörung geführt hatten.

Es war tatsächlich der dunkle Magier gewesen, das Gesicht noch immer hinter dem Nebelfeld der Kapuze verborgen. Er schleuderte seine Wut und seinen Hass heraus, bevor er weiterlief. Die Szene erlosch.

»Von dort ist er zum Elfenpalast geeilt«, erklärte der Chronist. »Er sucht das Herz des Waldes. Die letzte Person, die seines Wissens nach mit dem Herzen in Verbindung stand und es nutzte, um ihn zurückzuschlagen, ist Felinde von Siebenstern.«

»Unser Schloss brennt«, hauchte Felicitas. »Ich muss sofort zum Palast.«

»Wir kommen natürlich mit«, sagte Ella. »Wir lassen dich jetzt nicht alleine. Und vielleicht können wir alle mit deiner Mutter sprechen, sie kennt uns ja von der Reise in die Vergangenheit.«

Gemeinsam eilten sie zum Ausgang des Raums und schließlich des Refugiums des Chronisten. Dieser öffnete ihnen schwungvoll die Tür, die wieder hinaus in die Schlucht führte.

»Die nächste Blinzelbahn ist weit entfernt, ihr müsst zurück durch die Jahreszeitenschlucht. Ich werde alle Fallen deaktivieren.«

»Felicitas«, sagte Lukas, »du kannst den Uhren-Portal-Zauber benutzen. Damit sind wir schneller.«

»Ich weiß nicht.« Felicitas vibrierte förmlich in der Luft.

»Ich kann mich nur schwer konzentrieren.« Die Bilder hatten sie so sehr entsetzt, dass sie sich kaum beruhigen konnte.

»Der dunkle Magier ist uns drei Schritte voraus«, sagte Ella. »Wir können ihn nur aufhalten, wenn wir diesen Vorteil ausgleichen.«

»Aber wie denn?«, fragte Rani. »Wir wissen jetzt zwar, wie die Schattenzwillinge entstanden sind, aber wie steht es mit ihrer Schwäche?«

Sie tauschten enttäuschte Blicke. In dieser Hinsicht waren die Informationen tatsächlich nicht so ergiebig gewesen.

»Seine größte Schwäche ist sein Hass«, erklärte der Chronist. »Der dunkle Magier wird angetrieben von purem Hass. Er will Rache. Alles andere ist für ihn unsichtbar, es gibt nur dieses Ziel. Das könnt ihr nutzen.«

»Wie?«, fragte Rani.

Doch der Chronist schien in seinen Gedanken zu verweilen und hüllte sich in Schweigen.

»Zuerst zum Palast, dann sehen wir weiter.« Lukas nickte dem Chronisten noch einmal zu. »Danke.«

Felicitas wirbelte Elfenstaub in die Luft. Die Umgebung verschwamm …

… und kehrte zurück.

»Das war wohl zu wenig Wucht«, kommentierte Rani.

Es benötigte zwei weitere Anläufe, bis der Zauber endlich funktionierte. In diesem Fall mit eindeutig zu viel Wucht.

Wo ist Felinde?

Rani fand sich Auge in Auge mit einem brennenden Busch wieder. Mit einem Satz sprang er zurück und fegte damit Lukas von den Beinen. Dieser stolperte mit rudernden Armen nach vorne und wäre beinahe selbst als Kohlestück geendet.

Sie waren mitten im Chaos gelandet.

Überall waren Elfen in Rüstungen unterwegs, als würden sie etwas oder jemanden suchen. Vermutlich den dunklen Magier, der jederzeit erneut angreifen konnte.

Das ließ darauf schließen, dass Felinde ihn nicht hatte aufhalten können. Auch nicht mit der Macht, die durch das Herz des Waldes in ihr wohnte.

Neben den Elfen waren überall Katzen unterwegs. Lukas

wusste, dass diese sogar extra Gänge im Palast besaßen, da Katzen die Gefährten oder gar Beschützer der Elfen waren.

Punchy jagte sofort zur nächsten Katze in Reichweite. Beide wandten ihnen den Fellrücken zu und es sah fast so aus, als würden die Tiere miteinander sprechen. Vermutlich ein Gespräch über Gesten oder instinktives Verstehen.

Mittlerweile waren die Feuer kleiner geworden, doch sie brannten noch immer. Auf Lukas wirkte der Anblick wie ein dunkles Gemälde, das jede Hoffnung verschluckte.

Einige der Elfen waren von Ruß bedeckt, hier und da Haare angesengt.

Eine der Wachen erkannte Felicitas und schoss auf sie zu. »Prinzessin, was tut Ihr hier?! Wir haben Befehl an das Internat gegeben, dass Ihr es nicht verlassen dürft. Eine Garde wurde dorthin beordert.«

»Aber jetzt bin ich ja hier, Hauptmann«, sagte Felicitas freundlich. »Am sichersten Ort im Flüsterwald. Ich muss mit meiner Mutter sprechen.« Sie überlegte kurz. »Oder besser mit meinem Vater.«

Letztlich gab es in der Nähe ihrer Mutter noch immer das Problem, dass die Magie des Herzens zu stark war.

»Prinzessin.« Der Hauptmann schluckte. »Königin Felinde wurde entführt. Der dunkle Magier …«

Er ließ die letzten Worte offen, wie es auch das Schicksal der Königin war.

Felicitas zitterte kurz, gewann aber sofort ihre Fassung zurück. »Dann mein Vater. Ich muss ihm dringend etwas mitteilen.«

Wusste dieser überhaupt, dass sich ein Teil des Herzens in Felicitas befand? Und in seiner Frau?

»König Marius wird von den Heilern behandelt.« Der Hauptmann schien sich immer weniger wohl in seiner Haut zu fühlen, musste er der Prinzessin doch eine schlechte Nachricht nach der anderen überbringen.

»Aber … wer gibt denn dann jetzt die Befehle?«, fragte Felicitas.

Weitere Elfen hatten sie bemerkt und kamen herbeigeflogen. Einige davon waren Elfensoldaten, die sofort ihre Speere erhoben und einen geschlossenen Schutzkreis um sie bildeten.

»Nun, das seid Ihr«, erklärte der Hauptmann. »Wir dachten, dass Ihr das vom Internat aus tun könnt. Wir wollten gerade eine Lilienkommunikation aufbauen. Die mögt Ihr doch so sehr.«

Lukas schluckte.

Felicitas starrte den Hauptmann einfach nur an, als habe dieser den Verstand verloren. »Ich soll die Befehle geben?«

Sie winkte ab. »Das ist doch … also … da gibt es doch bestimmt jemanden, der besser darauf vorbereitet wurde.« Etwas leiser ergänzte sie. »Der Koch vielleicht? Er war immer sehr nett.«

Der Hauptmann zuckte nur mit den Schultern und machte damit deutlich, dass der Koch sicher nicht über das Volk der Elfen regierte.

»Ich muss mich kurz beraten«, sagte Felicitas.

»Ich stehe zur Verfügung«, kam es wie vom Katapult geschossen vom Hauptmann.

»Mit meinen Freunden«, ergänzte sie. »Allein.«

Der Hauptmann nickte, das Gesicht voller Verständnis. »Abstand!«

Die anderen Elfen vergrößerten den Kreis.

»Das war jetzt nicht …« Felicitas ballte die kleinen Fäustchen. Kurzerhand holte sie aus und warf Elfenstaub. Eine Halbkugel aus durchscheinenden Schatten entstand, ein Blickschutz.

Kaum war dieser aufgebaut, raste sie im Sturzflug auf Lukas zu und packte seinen Kragen. »Ich kann keine Herrscherin sein!«

»Felicitas«, versuchte er, sie zu beruhigen, »du bist die Prinzessin. Du wurdest dafür geboren. Und du bist schlauer als alle anderen, die ich kenne.«

Rani verschränkte die Ärmchen und begann deutlich hörbar zu grummeln.

Punchy maunzte zustimmend.

»Ich könnte den Koch verzaubern, dass er es tut«, beschloss Felicitas.

»Lass doch den armen Koch«, sagte Ella.

»Er kocht wirklich gut.« Sie ließ die Flügel hängen. »Aber wenn ich einen Fehler mache, dann wird alles noch schlimmer.«

Felicitas begann schneller zu atmen, eine ausgewachsene Panik kündigte sich an.

»Ich habe auch immer Angst, wenn wir mit der Theater-AG etwas Neues proben«, sagte Ella. »Da muss ich auf die Bühne und alle schauen mich an. Und wenn ich den Text falsch sage, kichern sie.« Sie schluckte. »Einmal haben wir ein Stück aufgeführt und ich hatte solche Angst, dass ich nicht spielen wollte. Dabei waren alle Eltern gekommen.«

»Was hast du getan?«, fragte Felicitas vorsichtig.

»Mein Großvater kam zu mir. Er hat mir gesagt, dass, wenn ich es nicht versuche, die Angst vor Fehlern immer schlimmer wird. Und irgendwann habe ich nur noch Angst. Aber wenn ich es wage, habe ich die Angst besiegt und es spielt keine Rolle, ob ich einen Fehler mache. Die macht sowieso jeder.«

»Hast du einen Fehler gemacht?«, fragte Rani neugierig.

Ella seufzte. »Darum geht es nicht. Ich habe die Angst besiegt und stand auf der Bühne. Und beim nächsten Mal war es schon weniger schlimm. Irgendwann war die Angst weg. Ich wurde mit jedem Mal besser. Und es stimmt, am Ende haben wir alle hier und da mal einen Fehler gemacht, unseren Text vergessen oder gestottert. Aber das war gar nicht schlimm.« Sie lächelte zufrieden.

Felicitas schien nachzudenken. Schließlich rang sie sich zu einem Nicken durch. »Also gut, aber ihr bleibt bei mir. Als meine Berater. Wir müssen gemeinsam meine Mutter finden, auch wenn ich noch keine Ahnung habe, wie.«

Die Freunde versprachen Felicitas, bei ihr zu bleiben, und Punchy strich einmal mit ihrem Fellschwanz unterstützend über Felicitas' Rücken. Und danach Ellas Bein.

Die Elfe ließ den Sichtschutz verschwinden. Sofort kamen die Elfensoldaten und der Hauptmann wieder näher. Erwartungsvolle Blicke richteten sich auf sie.

»Wie geht es meinem Vater?«, fragte Felicitas zuerst.

»Die Heiler kümmern sich um ihn. Er ist außer Lebensgefahr, wird aber noch eine Weile im Heilschlaf liegen.«

Bei seinen Worten atmeten sie alle auf. Den Verlust von König Marius hätte Felicitas nicht so einfach weggesteckt, niemand hätte das.

»Dann müssen wir jetzt meine Mutter finden«, sagte Felicitas.

»Wir haben bereits Suchtrupps ausgesandt, die den Flüsterwald durchkämmen und nach Spuren suchen«, erklärte der Hauptmann. »Sobald sie eine Spur Eurer Mutter gefunden haben, werden wir alles aufbieten, um sie zu befreien.«

Jeder der Elfensoldaten nickte bei diesen Worten in grimmiger Entschlossenheit. Eines war sicher: Sie alle standen hinter der königlichen Familie und wollten diese beschützen. Gleichzeitig wusste Lukas, dass sie gegen den dunklen Magier keine Chance besaßen.

Irgendwie war es diesem gelungen, Felindes Magie zu trotzen und der aller anderen. Wie war das möglich? Immerhin hatte die Königin ohne jeden Zweifel die Macht des Herzens entfesselt. Mochte auch nur noch ein Teil in ihr sein, war seine Magie doch überaus stark.

»Wir schaffen das nicht alleine, Felicitas«, sagte Lukas leise. »Deine Mutter hätte es gekonnt, aber wenn sie gescheitert ist …«

Felicitas schluckte schwer. Ihr Blick wanderte über das Feld. Am Rand des freien Bereichs um den Elfenpalast hatten sich ein paar Teekinder eingefunden, die mit Teeblättern und Teetränken Verwundete behandelten. Menoks schossen mit Schleudern Elfenstaubkugeln auf die Feuer.

»Nein, alleine wohl nicht«, sagte Felicitas und erhob ihre Stimme. »Schickt eine Nachricht, Hauptmann.«

»An wen?«, fragte dieser, als sie kurz schwieg.

»An alle«, sagte sie. »Die Völker des Flüsterwaldes müssen sich erneut vereinen. Ruft sie zum Elfenpalast. Wir treten dem dunklen Magier gemeinsam entgegen.«

Sie lächelte.

»Vereint.«

Das Gesicht des Magiers

Nachdem Felicitas ihre Befehle gegeben hatte, setzten sich alle möglichen Elfen in Bewegung. Ein Teil wollte auf magische Art Kontakt zu den anderen Völkern aufnehmen, einige löschten die letzten Feuer, wieder andere schlossen sich den Suchtrupps an.

Auf Lukas wirkte es wie ein Bienenstock, in dem alle Bewohner nun klare Anweisungen hatten und ihrer Tätigkeit nachgingen, obgleich es von außen wie ein einziges Durcheinander aussah.

Glücklicherweise stellte niemand ihre Zugehörigkeit als Elfen infrage, vermutlich, weil sie sich in der Nähe der Prinzessin aufhielten. Einzig der Hauptmann warf ihnen immer mal wieder durchdringende Blicke zu. In diesen

Augenblicken fuhr Lukas' Hand stets reflexartig zu seinen falschen Ohren. Falls jemand allzu neugierig wurde, musste Felicitas sie eben erneut schrumpfen – wobei er darauf gerne verzichten wollte.

»Lukas!« Ella winkte ihm zu.

Erst jetzt bemerkte er, dass sich seine Freunde unter einen nahen Baum zurückgezogen hatten. Wie eine Insel der Ruhe im Chaos saßen sie dort. Rani war in das Geäst geklettert und beobachtete neugierig die Ereignisse beim Palast. Pera hielt einen Stift mit dem Greifschwanz umschlungen. Konzentriert zeichnete sie etwas in Ranis Büchlein.

Punchy stand aufrecht da und blickte zu Felicitas, die sich angeregt mit dem Hauptmann unterhielt. Ihre Bewacher hatten den Kreis deutlich erweitert, nachdem die Katze sie angefaucht hatte.

Lukas eilte zu Ella.

Sie saß auf einer besonders großen Wurzel, das Kinn auf die Handballen gestützt und blickte ihm entgegen. »Kaum zu glauben, oder? Irgendwie war das in der Vergangenheit alles weit entfernt und wir hatten die Sicherheit, dass es im Grunde genommen …«

»Alles schon vorbei ist?«, fragte Lukas.

Sie nickte. »Genau. Aber jetzt sind wir mittendrin und

es geht um den Flüsterwald, unsere Eltern, Winterstein … Wenn der Schattenmeister seine Leute zurückholt, werden sie die ganze Stadt verwandeln und den Wald übernehmen.« Sie schluckte. »Ich darf gar nicht daran denken.«

Lukas sank neben ihr auf die Wurzel. »Felinde hat ihn schon einmal aufgehalten.«

»Dieses Mal ist es ihr aber nicht gelungen«, sagte Ella. »Und wie sollen wir es dann erst schaffen?«

Pera ballte verärgert die Handpfoten, rieb mit dem Greifschwanz über eine Stelle im Buch und setzte den Stift erneut an.

»Ich wusste gar nicht, dass Pera gerne zeichnet«, sagte Lukas.

»Warten wir ab, ob sie das noch immer will, wenn Rani es bemerkt.« Ella linste vorsichtig hinauf ins Geäst, wo der Menok noch immer völlig gebannt zum Palast starrte. »Er wird ausrasten.«

»Irgendwie habe ich das Gefühl, dass sie ihn wieder bändigen kann.« Lukas kicherte. »Nur muss sie am Ende in seinen Bau ziehen.«

»Ich kann mir Schlimmeres vorstellen als einen Palast, wo einem jeder Wunsch von den Augen abgelesen wird. Meine Eltern verlangen immer nur von mir, dass ich das

Zimmer aufräume, beim Abwasch helfe oder den Müll raustrage.«

Sie zuckten beide zusammen, als im Hintergrund eine Flamme emporschoss. Das Feuer bekämpfte die Versuche der Elfen, gelöscht zu werden. Silberstaub gegen magische Feuerflammen, mal siegte das eine, mal das andere.

Schlussendlich konnten die Elfen den Sieg davontragen. Doch ihr Jubel ging im Bersten des Südflügels unter, der vom Feuer so aufgezehrt worden war, dass er abbrach.

Geschockt starrte Lukas auf die Überreste des Elfenpalastes.

»Und das hat er in wenigen Minuten angerichtet«, flüsterte Ella. »Was wird da erst sein gesamtes Volk tun?«

Lukas wollte seine Vermutung dazu lieber nicht laut aussprechen.

Das typische *Flapp, Flapp* ihrer Flügel kündete Felicitas an. Sie kam herbeigesaust, rotwangig und atemlos. »Denkt ihr, es war eine gute Idee, die Völker zu rufen?« Sie biss sich auf die Lippen.

»Ich finde, es war die perfekte Idee«, sagte Ella. »Wenn alle Völker zusammenarbeiten, können wir ihn vielleicht noch aufhalten.«

Felicitas freute sich über diese Einschätzung.

Lukas war der gleichen Meinung. »Einzeln würde der

dunkle Magier uns alle erledigen, aber gemeinsam können wir ihm vielleicht Widerstand bieten. Dafür müssten wir natürlich erst einmal wissen, wo er sich befindet.«

Rani kam vom Baum heruntergeflitzt wie ein Eichhörnchen. »Habt ihr gesehen, wie der Palast eingestürzt ist?« Er setzte sich zwischen Lukas und Ella. »Vielleicht solltet ihr eure Behausungen auch unter die Erde verlegen, das ist sicherer.«

»Dafür sind wir Elfen nicht gemacht«, erwiderte Felicitas. »Wir brauchen es luftig. Der Wind muss durch die Gänge wehen, viel Licht und Freiheit.«

Rani blinzelte und setzte zum Sprechen an. Sein Blick fiel auf Pera, die abschätzend ihre Zeichnung betrachtete. Er starrte sie an, eindeutig unschlüssig darüber, ob er explodieren sollte. Schließlich hoppelte er zu der Menok, räusperte sich und sagte gezwungen ruhig: »Du hast in mein Buch gemalt?«

»Gezeichnet«, korrigierte ihn Pera. »Findest du nicht auch, dass Zeichnungen ein Buch aufwerten?«

»Absolut. *Meine* Zeichnungen.« Rani streckte den Greifschwanz aus. »Vielleicht lassen wir es einfach bei mir. Für eine gewisse Weile. Oder für immer. Wäre das nicht eine schöne Idee?«

Pera hielt das Buch zwischen ihren Pfoten fest und es sah

nicht so aus, als wollte sie loslassen. »Aber ich weiß nicht, ob die Zeichnung gut ist.«

»Sie ist perfekt«, versicherte Rani.

»Du hast sie noch gar nicht gesehen.«

»Alles, was du machst, ist perfekt.« Er legte so viel Überzeugung in seine Stimme, dass es fast schon wieder unglaubwürdig war.

»Ich darf also noch mehr in dein Büchlein zeichnen?« Pera blinkte mit den Augen.

»Also, mein Buch … ist ja bereits an sich perfekt. Und weil es das schon ist, muss es ja nicht noch perfekter werden.« Er deutete mit seinem Greifschwanz auf die beschriebenen Seiten. »Jetzt gib es her!«

»Das ist aber nicht nett von dir.« Pera seufzte und reichte ihm sein Werk. »Ich dachte, wir beide werden Co-Autoren. Wäre das nicht schön. Du schreibst, ich zeichne.«

Lukas hatte eine sehr genaue Vorstellung davon, was Rani dazu dachte. Andererseits würde Pera das möglicherweise abhalten, in den Bau der Menok-Familie zu ziehen. Während Rani noch sichtlich darüber nachdachte, wie er seine Ablehnung diplomatisch formulieren konnte, um Peras Einzug nicht zu gefährden, klappte das Buch auf.

Für eine Sekunde war die Seite sichtbar, auf die Pera gezeichnet hatte. Lukas hatte das Gefühl, jemand habe Eiswasser in den Kragen seines Hoodies gekippt.

»Pera«, sagte er. »Was hast du da gezeichnet?«

Sein Tonfall reichte aus, selbst Rani erstarren zu lassen. Punchys Nackenhaare stellten sich auf und Ella durchbohrte das Buch mit ihrem Blick.

»Den dunklen Magier«, erwiderte Pera.

»Du hast ihn gesehen? Ich meine, wirklich gesehen?«, fragte Lukas.

»Als er mich in Silberglanz eingesperrt hat«, bestätigte sie.

Rani blätterte eifrig zu der Stelle. Nachdrücklich schüttelte er den Kopf. »Aber das ist nicht der Schattenmeister. Da ist gar kein Nebel, man kann das Gesicht ganz genau erkennen.«

»Als er mich eingesperrt hat, war sein Gesicht ja auch frei. Für ein paar Sekunden, als sich der Silberglanz geschlossen hat und bevor ich einschlief, habe ich ihn gesehen.«

Vermutlich hatte er sich unbeobachtet und sicher gefühlt, nicht ahnend, dass die kleine Menok vor ihm noch bei Bewusstsein war. Damit war sie die Einzige, die seine wahre Identität kannte.

Ella beugte sich ein Stückchen weiter nach vorne. Im nächsten Augenblick schrie sie auf. »Aber …«

»Ella findet deine Zeichnung schrecklich«, sagte Rani, der den Schrei komplett missdeutete.

»Was ist los?«, fragte Felicitas. »Wieso seid ihr so bleich?«

»Wir kennen den dunklen Magier«, erklärte Lukas mit krächzender Stimme. »Genau genommen saß ich ihm noch vor wenigen Tagen gegenüber, als er mir eine Strafarbeit gab.«

»Es ist unser Direktor«, erklärte Ella.

»Von eurer Schule?!« Felicitas schoss einen halben Meter in die Höhe. »Dann saß er die ganze Zeit direkt vor eurer Nase?!«

Lukas war elend zumute. Nicht nur, dass sie den Schattenteil des dunklen Magiers aus seinem Gefängnis befreit hatten. Nein, auch sein menschlicher Teil war die ganze Zeit direkt in ihrer Nähe gewesen.

Pera hatte ihn mit ihrer Zeichnung hervorragend getroffen. Abgesehen von den Falten, die Direktor Arnold über die Jahre dazubekommen hatte, sah er genau so aus, wie sie ihn aus der Schule kannten. Ein freundlicher Mann, der gerne Kaffee trank.

Noch während Lukas darüber nachdachte, was das für ihren Kampf bedeutete, erschien ein Schatten zwischen den Bäumen.

Rufe erklangen, die Elfen gingen in Alarmbereitschaft. Doch es war nicht der dunkle Magier.

Frau Stein trat auf den Platz vor dem Palast.

Die Schattenmeisterin greift ein

Es war so unwirklich.

Lukas starrte Frau Stein an, weil diese einfach nicht hierher in den Flüsterwald gehörte. Und irgendwie doch. Sie trug die gestärkte Bluse, das knöchellange graue Kleid und hatte die Haare zu einem Dutt gebunden. Ganz das Bild der älteren Dame, die eine Bibliothek führte.

In Wahrheit war sie jedoch so viel mehr.

Ein Schattenzwilling in Symbiose. Und nicht nur das, sogar eine Schattenmeisterin.

Sie orientierte sich kurz, ließ ihren Blick über das Geschehen schweifen und kam dann schnurstracks auf die Freunde zu. Die Elfensoldaten bauten sich direkt vor ihr auf.

»Lasst sie durch«, konnte Felicitas gerade noch rufen, bevor Schlimmeres geschah.

Der Hauptmann wirkte, als wolle er den Befehl schlichtweg verweigern. Doch bevor er sich dazu durchringen konnte, war Frau Stein herbeigeeilt und glitt an ihm vorbei. Stille senkte sich auf die Ebene vor dem Palast.

»Hallo, ihr Lieben.« Frau Stein lächelte ihnen freundlich zu. »Ihr habt einen langen Weg hinter euch.«

Womit sie eindeutig recht hatte.

»Wir nähern uns der finalen Entscheidung, denn in dieser Nacht steht alles auf dem Spiel«, sprach sie weiter. »Was vor so vielen Jahren begann, wird heute enden. Auf die eine oder auf die andere Weise.«

»Er hat meine Mutter«, sagte Felicitas.

»Ich weiß, deshalb bin ich hier. Er hat all das seit langer Zeit geplant. Ein Rädchen greift ins nächste. Deine Mutter konnte ihn dieses Mal nicht besiegen, weil er die Schutzsteine trägt.«

Zuerst wusste Lukas nicht, was sie meinte. Schließlich begriff er und riss entsetzt die Augen auf. »Franklins Schutzsteine? Hat er ihm etwas angetan?«

»Keine Sorge. Franklin geht es gut, er wartet ganz in der Nähe auf mich, ist aber ein wenig schläfrig. Ich hielt es für sinnvoller, in dieser angespannten Situation keinen Menschen zum Elfenpalast mitzubringen. Die Warks durchstreifen den Wald und richten ihre Sinne auch auf den Palast. Dass der Schattenmeister ihnen ein Schnippchen geschlagen hat, macht sie wütend. Ich fürchte, sie würden mich nicht anhören und sofort angreifen.«

»Dann befehle ich ihnen, das nicht zu tun«, sagte Felicitas.

Frau Stein schenkte der Elfe ein freundliches, doch trauriges Lächeln. »Die Warks tun das, wozu sie bestimmt sind. Sie verteidigen den Flüsterwald. Natürlich sind sie in all den Jahren ein wenig über das Ziel hinausgeschossen, doch letztlich erweist sich die Befürchtung, dass der dunkle Magier zurückkehren könnte, als berechtigt. Ich habe viele Jahre sein menschliches Ich beobachtet, doch der Schatten im Flüsterwald-Gefängnis entzog sich meinem Blick.«

Frau Stein betrachtete immer wieder Punchy. Zwischen beiden bestand eine tiefgehende Chemie, die Lukas zwar erkennen, aber nicht benennen konnte.

»Die Siegel sind also beide vernichtet«, sagte Lukas und sprach damit das Offensichtliche aus.

»Das ist richtig«, bestätigte Frau Stein. »Der Flüsterwald ist für Menschenaugen noch immer unsichtbar, doch nicht länger mit einer Schutzsphäre vor dem Bösen geschützt. Von jetzt an ist der Wald wieder angreifbar. Du bist nicht länger Siegelwahrer und wirst es tief im Inneren doch immer sein. Ein Echo bleibt nach einer solchen Aufgabe zurück.«

Das Gefühl, versagt zu haben, fraß sich wie Säure in Lukas' Magen. Er fühlte sich elend.

»Du musst nicht verzagen, mein junger Freund.« Frau Steins Blick richtete sich zwischen die Baumwipfel ins Nirgendwo. »Dieser Plan wurde vor langer Zeit geschmiedet. Der Schattenmeister wusste um die Schutzsteine von Archibald von Thun. Er hat Franklin vergiftet und dann absichtlich den Hinweis auf das Gegenmittel hinterlegt. Wohl wissend, dass dies Franklin abhängig von der Magie des Herzens macht. Einzig die aufgeladenen Schutzsteine können das Gift ein wenig neutralisieren, womit Professor von Thun keine andere Wahl hatte, als sie Franklin auszuhändigen.«

Und wieder schloss sich ein Kreis. Offenbarte sich ein weiterer Plan des dunklen Magiers, der mit ihnen allen spielte, als wären sie Marionetten in einem Puppentheater.

»Und durch seine Reise durch das Portal der Zeit hat Franklin die Steine in die Gegenwart gebracht«, schloss Ella. »Dann ist der dunkle Magier jetzt unbesiegbar.«

»Nicht ganz.« Frau Steins Blick richtete sich auf die Enkelin des Professors. »Der Schattenmeister ist nicht der

Einzige, der alle Möglichkeiten durchdenkt und Taktiken ausarbeitet. Ich habe geahnt, dass er mich aufsuchen wird, um das zweite Siegel zu zerstören, und entsprechende Vorkehrungen getroffen. Es gibt einen letzten Ausweg, eine Möglichkeit, ihn doch noch zu Fall zu bringen. Aber das Glück muss auf unserer Seite stehen und wir müssen zu Ende bringen, was damals seinen Anfang genommen hat.«

»Ich verstehe das nicht«, sagte Felicitas.

Lukas ging es genauso. Irgendwie schienen alle Erwachsenen sich ständig in Andeutungen zu ergehen und niemals klar auszusprechen, was jetzt zu tun war.

»Ich werde euch alles unterwegs erzählen, doch zuvor gilt es, Vorbereitungen zu treffen.« Sie sah sich um. »Wie ich sehe, hast du bereits alles in die Wege geleitet, Felicitas.«

In der Ferne tauchten die ersten Teekinder auf und wenn Lukas sich nicht täuschte, hatte er ein paar Menoks in den Büschen erblickt. Hoch über ihnen kreisten Vögel, die jedoch bedeutend größer aussahen, als es selbst für Raubvögel gewöhnlich der Fall war. An einem Feuer direkt neben dem Palast ließen sich die ersten Stollenzwerge nieder.

»Der Flüsterwald vereint erneut seine Kraft.« Auf Frau Steins Lippen lag ein Lächeln. »Gut. Sie müssen bereitstehen. Doch der Weg zum Herzen obliegt uns alleine.«

»Der Weg z…« Lukas riss seine Augen auf. »Natürlich,

der dunkle Magier war damals dort. Er kennt die unterirdische Burg, wo das Herz in Königin Felinde geflossen ist. Sie hat ihn zwar angegriffen, aber er hat keine Ahnung, dass sie es in sich trägt. Er denkt vielleicht, dass sie irgendwie die Kraft des Herzens genutzt hat.«

»Und will von ihr wissen, wie er auf diese Kraft zugreifen kann.« Ella verschränkte die Arme, ging langsam auf und ab. »Das ergibt Sinn. Wenn er wüsste, dass deine Mutter, Felicitas, die Macht in sich trägt, würde er sie ihr wohl eher entreißen.«

»Aber was sollen wir denn dann machen?«, fragte Rani. »Sollten wir nicht besser die Armee zur Burg des Herzens schicken?«

Frau Stein grinste verschmitzt. Sofort wirkte sie um Jahre jünger auf Lukas. »Eines nach dem anderen. Hört mir genau zu. Felicitas, unterrichte die Völker, wo sich die Herzburg befindet. Dieser Ort darf nicht länger ein Geheimnis sein. Sie sollen sich sammeln und dorthin aufmachen.«

Sie wartete, bis Felicitas die Informationen weitergegeben hatte, und bedeutete den Freunden, ihr dann zu folgen. Die Wachen loszuwerden, stellte sich als überraschend einfach heraus, da sie den Befehl, sie für einige Minuten alleine zu lassen, sofort befolgten.

Vermutlich hatte Königin Felinde sich niemals davongeschlichen. Und gerade in der aktuellen Situation dachte wohl keine der Wachen daran, dass die junge Prinzessin es tun könnte.

Doch genau das taten sie alle.

Frau Stein führte sie tiefer in den Flüsterwald, unter großen Wurzeln hindurch, die aus der Erde ragten, und über verschlungene Wege.

»Das hier ist einer der alten Pfade«, flüsterte sie. »Er führt zwischen Schatten und Realität entlang, durch ein Zwischenreich, das für andere Wesen nicht zugänglich ist. Nur wir Schattenzwillinge können es öffnen. Auf diesem Weg kommen wir schneller voran und die Wachen können uns nicht folgen.«

Felicitas warf einen Blick zurück und auf ihrem Gesicht zeichnete sich das schlechte Gewissen ab.

»Wir können nicht auf sie warten«, sagte Lukas. »Sonst könnte es für deine Mutter zu spät sein.«

»Ich weiß«, sagte sie. »Aber es tut mir trotzdem leid. Bestimmt machen die Wachen sich Sorgen. Ich muss mich nachher bei ihnen entschuldigen. Vielleicht mit einer ganz besonders schönen Blume aus der Palastzucht.«

Der Pfad macht eine letzte Biegung, dann erreichten sie eine Lichtung. Auf einem der Steine saß …

»Franklin!«, rief Lukas.

Die Freunde eilten auf den Assistenten des Professors zu, der bisher mit halb geschlossenen Augen vor sich hingestarrt hatte. Als er sie erkannte, grinste er freudig.

Und die Kraft kehrte in ihn zurück.

Zurück zum Herzen

Franklin wirkte mit seinem zerzausten Haarschopf wie ein zerstreuter Nachwuchswissenschaftler. In der Gegenwart von Felicitas strömte die Macht des Herzens auf ihn über. Dadurch verlor das Gift in seinem Inneren die Wirkung. In einigen Jahren würde es sich von alleine abgebaut haben, doch bis dahin hielt ihn lediglich die Kraft des Herzens wach.

»Wie geht es dir?«, fragte Lukas.

Der ehemalige Assistent des Professors wirkte nicht wie erwartet niedergeschlagen. Stattdessen war er geradezu euphorisch. »Ich bin durch ein magisches Portal in die Zukunft gereist. Ich kann es kaum erwarten, Winterstein zu erkunden.«

»Aber das hast du doch bereits als heruntergekommener Lumpenmensch getan«, sagte Rani in seiner typisch unsensiblen Art.

»Er meint, dass du die letzten Wochen ja auf der Straße gelebt hast«, half Ella aus.

»Das hat er nicht«, warf Frau Stein ein. »Ich habe mich um ihn gekümmert. Er ist lediglich einmal entwischt, das war an dem Tag, als er in dich hineingelaufen ist, Lukas.«

Damals war Lukas mit seiner Familie gerade in Winterstein angekommen, und als er mit dem Unbekannten auf dem Marktplatz zusammengestoßen war, hatte sich der gesamte Inhalt seiner Einkaufstaschen – inklusive der Milchflaschen – über den Boden verteilt.

»Ich kann mich ehrlich gesagt an nicht mehr viel erinnern«, erklärte Franklin. »Zuerst bin ich hinter euch in das Portal der Zeit, dann fiel ich hinaus und war wieder in Winterstein. Alles war anders. Die Kleidung, die Menschen … Aber ich konnte es nicht wirklich begreifen. Mein Geist war sofort verwirrt, nur durch die Schutzsteine wurde ein Teil des Giftes neutralisiert. Daher schlief ich nicht ein.«

»Die Magie blieb mir nicht verborgen und so fand ich Franklin und kümmerte mich um ihn«, erklärte die Schattenmeisterin.

Es fiel Lukas noch immer schwer, in der netten Frau Stein

etwas anderes zu sehen als die Bibliothekarin. Das brachte ihn auf eine weitere Frage.

»Sie sind jetzt aber nicht die Frau Stein des Tages?«

Sie schüttelte den Kopf. »Ich bin gerade die Schattenmeisterin. Mein menschlicher Teil ruht in meinem Schatten. Und am Tag wechseln wir wieder die Plätze, wenn du so willst. Doch weil wir uns gegenseitig Platz geben, erinnert sich jeder daran, was der andere erlebt hat. Es ist eine Symbiose, ein gemeinsames Unterstützen und Leben. Aber wir sollten uns beeilen.«

Damit setzte sie sich an die Spitze und führte die Freunde weiter auf den geheimen Pfaden durch den Wald. Vorbei an kleinen Lichtungen, die mit Unkraut überwuchert waren. Findlingen, die Teile des Weges säumten, und winzigen flitzenden Lichtern.

Auf dem Weg berichteten die Freunde Franklin, was alles geschehen war. Auch was sie erfahren hatten über das Herz des Waldes und die Entstehung der Schattenzwillinge.

Es war eine Menge.

»Euer Direktor war die ganze Zeit der Bösewicht?«, fragte Franklin ungläubig.

»Seine Schattenhälfte, nicht der Mensch«, mahnte Frau Stein. »Direktor Arnold hat keine Ahnung, was mit seinem

Körper geschehen ist, während er schlief. Er ist ein Opfer, wie auch viele andere damals. Aber wir werden das Unrecht wiedergutmachen.«

Die Landschaft ringsum kam Lukas vage vertraut vor, gleichzeitig konnte er nicht wirklich festmachen, weshalb. Erst als die bekannte Schlucht vor ihnen auftauchte, in der der Zugang zur unterirdischen Burg des Herzens lag, wusste er, wo sie waren. Damals hatten sie die Blinzelbahn genommen, um ihr Ziel zu erreichen.

Die Schattenmeisterin machte eine Bewegung mit ihrer Hand und in der Luft entstand ein kurzes Wabern. Die Umgebung lag wieder klar vor ihnen und Lukas realisierte, dass sie die alten Pfade verlassen hatten.

»Vor langer Zeit war die Herzburg mächtig und ragte bis hoch in den Himmel. Ein Zeichen für den Schutz des Herzens, das mit mächtiger Magie und Güte über den Flüsterwald wachte. Doch dann zog es sich zurück und die Burg verschwand tief unter dem Berg.«

Wie schrecklich musste das Herz sich gefühlt haben, als durch sein Wirken alles aus dem Lot geraten war. Lukas fühlte sich bereits schuldig, weil er und seine Freunde den dunklen Magier versehentlich befreit hatten. Wie würde es ihm da erst ergehen, wenn er den möglichen Untergang des Flüsterwaldes ausgelöst hätte?

»Sie haben uns noch immer nicht gesagt, wie wir den dunklen Magier aufhalten können«, sagte Lukas. »Die Völker sind auf dem Weg hierher, aber wenn wir alleine hinuntergehen, sind wir seiner Macht ausgeliefert.«

»Ich könnte hier oben auf die anderen warten«, erklärte Rani. »Damit sie auch den Eingang finden.«

»Der Magier wird durch die Schutzsteine vor Elfenmagie geschützt«, erwiderte die Schattenmeisterin. »Das Herz wiederum wirkt seine Macht durch Felicitas und Felinde und kann damit ebenfalls nichts gegen den dunklen Magier ausrichten. Auch meine Attacken sind gedämpft. Ich habe meine Kraft regeneriert, doch auch ich vermag ihn mit den Schutzsteinen nicht aufzuhalten – er hat dadurch einen gewaltigen Vorteil.«

»Aber dann können wir gar nichts tun«, sagte Felicitas. »Er hat uns besiegt.«

»Nur wenn wir aufgeben.« Die Schattenmeisterin strebte der Schlucht zu und die Freunde folgten ihr. »Überlasst die Schutzsteine mir und Franklin. Wir haben uns da etwas überlegt. Doch selbst wenn der Schattenmeister durch sie nicht mehr geschützt ist, wird es schwer. Sobald er erkannt hat, dass das Herz auf dich und deine Mutter verteilt ist, wird er gnadenlos zuschlagen. In den Jahren seiner Gefangenschaft hat er seinen Hass weiter angestaut. Dieser ist die Basis seiner Macht. Du, Felicitas, kannst ihn nicht mehr besiegen, ebenso wenig wie deine Mutter.«

Sie stiegen über das Geröll, Steine kullerten davon. In den Wänden der Schlucht ragten Felsen hervor, kleine Spalten führten in den Berg. Direkt vor ihnen lag das Tor, das den Eingang zur Herzburg markierte. Oder das, was davon übrig war. Von den eingehauenen Kreisen, die die Völker symbolisierten, war nichts mehr zu sehen. Als habe ein wütender Riese seine Faust erhoben und das Hindernis zerschmettert.

»Aber wenn ich ihn nicht besiegen kann und meine Mutter auch nicht, was sollen wir dann tun?«, fragte Felicitas. »Nichts kann ihn dann noch aufhalten.«

»Oh doch.« Frau Stein lächelte geheimnisvoll. »Das Herz des Waldes hat sich vor langer Zeit aus der Verantwortung gestohlen, aber es wird Zeit, dass es seinen Platz wieder einnimmt. Andernfalls wird nichts mehr vom Flüsterwald übrig sein.«

Ohne ihre Worte weiter zu erklären, trat die Schattenmeisterin durch den zerstörten Eingang in die Herzburg. Bei ihrem Abenteuer in der Vergangenheit waren die Freunde diesen Weg bereits gegangen. Am Ende der dunklen Jahre, eine Zeitreise weit entfernt.

»Aller guten Dinge sind hoffentlich nur zwei«, flüsterte Ella.

»Wenn das hier schiefgeht, gibt es keinen dritten Versuch«, sagte Lukas. »Direktor Arnold … ich meine, der Schattenmeister, wird sich nicht noch einmal gefangen nehmen lassen.«

Lukas hatte die Wut und den Hass gespürt, den der Schattenmeister verströmte, als er ihm beim ersten Siegel gegenübergestanden hatte. Er wollte nur noch zerstören, sich rächen, vernichten.

Ella hob ihre Hand in die Höhe und flüsterte: »Einer der Steine hat sich erwärmt. Der Magiedetektor spürt seine Nähe …« Sie riss die Augen auf. »Alle Steine erwärmen sich.«

»Es fühlt sich genauso an wie damals.« Während Felicitas sprach, umgab sie gleichzeitig ein goldenes Schimmern, ein feiner Nebel, der sie wie ein Gespinst umfing. »Oh, ich kann nicht mit euch gehen. Die Magie ist so stark.«

»Hab keine Angst«, sagte Frau Stein. »Das ist alles, was dich fesselt.«

Lukas rückte näher zu Felicitas, genau wie die anderen. »Wir haben es bisher immer geschafft. Warum sollte es heute anders sein. Wir haben alle Angst.«

Er schenkte Felicitas ein aufmunterndes Lächeln. Die Elfe schluckte, nickte und reckte ihr Kinn. »Für den Flüsterwald.«

»Warum leuchten alle Steine des Magiedetektors?«, fragte Ella.

»Das Herz vereint jegliche Magie, die existiert, in sich. Dadurch, dass Felicitas und Felinde so nah beieinander sind, ist es, als würde sämtliche existierende Magie gegenwärtig sein. Das Band reagiert darauf.«

Etwas in Lukas vibrierte. Der Hauch von alter Magie und das Gefühl, Teil von etwas Größerem zu sein. Sie stiegen die Treppenstufen hinab und überquerten die Brücke ohne Geländer. Rechts und links ballten sich Schatten in der Tiefe. Unweigerlich hatte er das Gefühl, dass einer davon sich lösen wollte, um sie anzugreifen.

Doch nichts geschah.

Bis sie den Saal des Herzens erreichten.

Dort hing eine Elfe in der Luft. Ketten aus schwarzem Eisen fesselten Felinde von Siebenstern.

»Ich dachte mir schon, dass *du* auftauchen wirst.«

Der Schattenmeister erwartete sie bereits.

Kampf der Schatten

»Ich wusste, du kannst dich nicht zurückhalten«, sagte der Schattenmeister an Frau Stein gerichtet.

Das Bild, das sich Lukas bot, war für ihn nur schwer zu begreifen. Direkt neben Felinde von Siebenstern, die sich gegen ihre Fesseln wehrte, stand Direktor Arnold. Anstelle von Hemd und Stoffhose trug er einen Hoodie und Jeans. Dieses Mal lag jedoch kein Nebel auf seinem Gesicht. Seine Mimik war vor Hass verzehrt, die Augen funkelten böse. Kaum etwas an ihm erinnerte noch an den freundlichen Direktor. Ganz am Ende musste er seine Identität nicht mehr verschleiern. Er wurde sowieso von allen gejagt.

»So ist es immer«, sagte die Schattenmeisterin. »Du und ich. Wie auch damals.«

»Du hast dich gegen dein eigenes Volk verschworen«, zischte er zwischen zusammengebissenen Zähnen hervor.

»Mein Volk sind die Menschen *und* die Schattenzwillinge, wir können so viel mehr erreichen, wenn wir mit unserem Zwilling in Frieden leben.«

An diesem Punkt spuckte der Schattenmeister vor ihr auf den Boden. »Spar mir deine Ansprachen. Ich werde das Portal zum Schattenwald öffnen und unsere Brüder und Schwestern zurückholen. Wir unterwerfen den Flüsterwald. Das Herz ist kein Gegner mehr. Es ist über die Jahre so schwach geworden, dass ich es kaum noch spüre. Selbst hier …«

Sein Blick traf Felicitas.

Mittlerweile leuchtete die Elfe wie eine Glühbirne mit Wackelkontakt; mal mehr, mal weniger. Gleichzeitig begann auch Felindes Haut zu schimmern. Die Königin hatte sich besser im Griff, hatte die Magie des Herzens über Jahre gemeistert.

»Was ist das?«, flüsterte der Schattenmeister.

Und dann geschah das, was Lukas befürchtet hatte. Ein böses Grinsen legte sich auf die Gesichtszüge des Mannes, die Augen funkelten triumphierend. »*Deshalb* hast du mich damals also besiegt.« Er blickte auf Felinde von Siebenstern. »Das Herz war *in* dir. Aber mit der Geburt deiner Tochter ist ein Teil davon auf sie übergegangen.« Er lachte schallend auf. Wie das Heulen eines Orkans, der sich anschickte, jede Hoffnung zu verschlingen.

»Das macht es mir noch leichter. Ich kümmere mich zuerst um dich, liebe Felicitas, danach um deine Mutter. Nichts wird mehr zwischen mir und dem Portal zum Schattenwald stehen.«

Die Schattenmeisterin gab sich unbeeindruckt. »Du machst noch heute den gleichen Fehler wie damals. Wir handeln gemeinsam, du bist allein.«

»Aber wo denkst du hin.« Der Schattenmeister gab sich verblüfft. »Ich habe doch meine Freunde. Schatten, meine Liebe, gibt es hier genug.« Jedes künstliche Lachen verschwand aus seinem Blick. »Bringen wir es zu Ende.«

Damit hob er die Arme.

Was jetzt kam, konnte Lukas sich bereits denken. Es war wie damals bei ihrer Zeitreise an der Universität. Die Schatten von Tieren hatten sie angegriffen.

Ella rannte zum Durchgang und blickte hinaus. »Sie kommen aus der Schlucht herauf!«

»Haltet sie auf!«, rief die Schattenmeisterin.

Mit einem Satz war sie beim dunklen Magier und griff ihn an. Beide standen sich tänzelnd gegenüber. Er wich ihrem Schlag aus, sie seinem Tritt. Magische Funken flirrten, wurden jedoch direkt wieder gelöscht.

Ella, Rani und Pera rannten zum Eingang. Lukas kramte in seinem Rucksack und warf seinen Freunden Flakons mit Feuerpulver zu. Das Licht des Feuerpulvers war magisch und vermochte die Schatten hoffentlich aufzuhalten.

Felicitas versuchte zu ihrer Mutter vorzudringen, doch je näher sie Felinde kam, desto langsamer ging es voran.

»Punchy, hilf der Königin«, bat Lukas.

Die Katze warf ihm einen abschätzenden Blick zu, dann sprang sie auf ihren Pfoten davon.

»Es ist so viel Macht«, flüsterte Felicitas. »Ich kann den ganzen Wald spüren. Alle Völker. Sie haben die Schlucht erreicht und sammeln sich. So viel Angst.« Eine Träne löste sich und rann über Felicitas' Wange. »So viel Hoffnung. Sie sind alle gekommen.«

Lukas konnte das Herz ebenfalls spüren. Es war ein Zupfen in seinem Geist, ein frischer Windhauch, ein warmer Hoffnungsschimmer. Vielleicht lag es daran, dass er ein Siegelwahrer gewesen war, er wusste es nicht.

»Langsam atmen«, flüsterte er.

»Das Herz muss wieder verschmolzen werden.« Franklin stand plötzlich neben ihm.

»Aber der Schattenmeister ist geschützt gegen Elfenmagie«, sagte Lukas.

»Vereint das Herz, den Rest erledigen wir.« Franklin

nickte in grimmiger Entschlossenheit. »Dieser Kerl hat mich vergiftet, jetzt zahlen wir es ihm heim.«

Am Eingang des Raumes tauchten die ersten Schatten auf. Der Magiedetektor an Ellas Handgelenk glühte in schillernden Farben. Wo die Angreifer dem Licht des Feuerpulvers entkamen, löste das Leuchten des Armbands die Schatten auf. Damit wurde es zur perfekten Waffe in diesem Kampf.

Rani und Pera flitzten hin und her und streuten das Feuerpulver aus, doch es war abzusehen, dass diese Abwehr nicht mehr lange funktionieren würde.

Ein Klirren erklang. Die Ketten von Felinde fielen zerteilt zu Boden. Hatte Punchy sie mit ihren Krallen einfach so zerschlagen?! Lukas wusste es nicht. Die Königin war frei, doch schwach. Sie hing zitternd in der Luft und streckte die Arme in Richtung ihrer Tochter aus. Punchy war mit einem Satz bei Felicitas.

»Du musst zu deiner Mutter«, sagte Lukas. »Ihr könnt das Herz wieder verschmelzen.«

Letztlich blieb ihnen nur diese Hoffnung. Und er folgte seinem Instinkt. »Gib mir deine Hand.« Lukas streckte sie in Richtung der Elfe aus.

Felicitas legte ihre winzige Hand in seine. Ihre Haut fühlte sich kalt an. Dann wieder heiß. Gemeinsam näherten sie sich der Königin. Das Flackern um Felicitas herum wurde seltener, die Elfe strahlte wie ein Stern, der am Firmament leuchtete, um den Weg durch die Nacht zu weisen.

Punchy ging ihnen voran, dazu bereit, jedes Hindernis zu beseitigen.

»Das wird euch nicht helfen!« Der dunkle Magier erschuf eine gewaltige Schattenflamme und warf sie auf die Schattenmeisterin.

Diese wurde getroffen, taumelte. Doch sie hielt stand. »Du wirst mich nicht besiegen.«

»Verräterin!«, spie er ihr erneut entgegen. »Du wirst vor mir niederknien.«

Der Kampf-Tanz ging weiter.

»Felicitas«, krächzte Felinde. »Meine Tochter.«

Unweigerlich musste Lukas an damals denken. An seine erste Begegnung mit dem Herzen. So viele Jahre für die Königin, nur wenige Tage für ihn.

Dann hatten sie Felinde erreicht.

Der Flüsterwald schien den Atem anzuhalten und die Magie ihr Band zu erweitern. Lukas spürte die Königin in all ihrer Güte und ihrem Schmerz. Da war Felicitas, die sich selbst so klein vorkam, aber so viel Großartiges in sich trug – Mut, Güte, Freundlichkeit. Er fühlte für eine Sekunde Punchy, sah sie zwischen ihren Gefährten über Katzenlinien – das Wort war einfach in seinem Geist – huschen.

Und sich selbst.

Das Echo des Siegelwahrers tief in ihm.

»Das Herz muss zurückkehren«, sagte er.

Franklin hatte recht und in diesem Augenblick wussten sie es alle. Diese Macht war nicht für sie bestimmt, war es nie gewesen. Das Herz hatte gelitten über seinen Fehler.

Felicitas streckte ihre Hand aus.

Ein stecknadelkopfgroßes Licht entstand zwischen den beiden Elfen. Rein und klar, der Hauch einer vergessenen Kraft, die zurückkehren wollte.

Lukas lächelte.

Das Licht erlosch.

Und das Lachen des dunklen Magiers kündete von absolutem Triumph.

Das Schattenportal

Lukas starrte entsetzt auf das Schauspiel, das sich ihm bot.

Die Schattenmeisterin taumelte.

In einem Augenblick hatte sie sich noch ihrem Gegner gestellt, im nächsten lag sie am Boden. Die fehlgeschlagene Verschmelzung hatte sie abgelenkt. Nur eine Sekunde, doch lange genug, damit der dunkle Magier seinen Angriff erfolgreich vollenden konnte.

»Das Herz ist zerbrochen und du bist besiegt.« Der Schattenmeister genoss seinen Sieg. »Mein Triumph ist vollkommen!«

Der Boden erzitterte, als der dunkle Magier seine Macht entfesselte. Linien bildeten sich in der Luft wie elektrischer Strom, der sich in der Wirklichkeit verbiss.

»Das Portal«, sagte Frau Stein mit zitternder Stimme. »Er öffnet es.«

Ohne den Widerstand durch das Herz des Waldes stand dem Schattenmeister nichts mehr im Weg, die Schattenzwillinge konnten zurückkehren.

»Es tut mir leid«, sagte Felicitas, die dem Geschehen mit schreckgeweiteten Augen folgte.

»Muss es nicht.« Lukas drückte noch einmal ihre Hand. »Lass einfach los.«

»Aber wenn ich damit noch mehr zerstöre«, flüsterte sie gehetzt. »Diese Kraft ist so gewaltig.«

»Ich weiß, ich kann sie spüren. Der ganze Flüsterwald besteht aus dieser Kraft. Ich kann die Teekinder fühlen, all die Menoks und Stollenzwerge. Sie sind alle da, um den Wald zu erhalten und zu verteidigen.« Er schluckte. »Sie sind gekommen, weil du sie gerufen hast.«

»Aber ich bin nur eine Elfe.«

»Heute nicht«, sagte Lukas. »Heute bist du die Königin.«

»Das Herz hat sich meiner Mutter anvertraut, sie ist die Kämpferin.«

»Das Herz wusste alles.« Lukas warf einen Blick zum Schattenmeister. »Es war in dir, als wir die Reise in die Vergangenheit angetreten haben. Es wusste, was es eines Tages sein wird und in wem. Es war eine bewusste Wahl.« Er machte sich bereit. »Lass die Angst los.«

Damit rannte er auf den dunklen Magier zu. Dieser war völlig auf jene Stelle in der Luft fixiert, von der die dunklen Linien abstrahlten. Das Beben hatte die gesamte Herzburg erfasst, erste Steine lösten sich von der Wand und kullerten herab. Mitten in der Luft entstand das Portal. Dahinter waberte hellblauer Nebel, in dem sich Silhouetten abzeichneten.

»Ja, kehrt zurück. Kommt in den Flüsterwald«, flüsterte der Schattenmeister.

Lukas rammte ihm die Schulter in die Seite.

Aufkeuchend taumelte der dunkle Magier gegen die nächste Wand. Zuerst wirkte er verblüfft, dann wütend. »Du elender Junge. Ständig stehst du im Weg. Ich kann wirklich nicht verstehen, warum Arnold dich mochte. Aber jetzt ist es genug. Du willst deinen geliebten Flüsterwald verteidigen, dann tust du das eben bis zum letzten Atemzug.«

Der dunkle Magier ballte die Faust. Plötzlich bekam Lukas kaum noch Luft, sein Hals zog sich zusammen. Er keuchte, röchelte. Gegen Magie war er machtlos.

»Lukas!«, rief Felicitas.

Mit jedem Lidschlag verschwand seine Umgebung und

wurde ersetzt durch etwas anderes, während ihm langsam die Luft ausging. Lukas prallte an die Wand.

Bilder anderer Orte schoben sich über das Hier und Jetzt. Er sah die Teekinder, die ein Feuer entzündet hatten. Frische Blätter landeten in einem Sieb, damit jeder sich einen Schluck gönnen konnte. Er würde entspannen und sich stärken.

Langsam rutschte Lukas zu Boden.

Vor seinem inneren Auge tauchten die Menoks auf. Sie blieben dicht beieinander, ein wuselnder Haufen kleiner Pelzleiber. Sie trugen Steinschleudern, in die sie Stinkbomben oder mit Elfenstaub versetzte Teekugeln eingelegt hatten.

Rote Schlieren tanzten vor Lukas' Augen. Ella schrie seinen Namen. Rani blickte ängstlich zu ihm herüber. Punchy stürzte sich auf den dunklen Magier.

Die Stollenzwerge versammelten sich um König Unterfuß. Sie trugen Bergwerkzeug und wirkten grimmig. Um den Wald zu verteidigen, waren sie gekommen, doch eigentlich wollten sie lieber mit ihren Katzen kuscheln.

Kopfschmerzen explodierten hinter Lukas' Stirn. Er wollte etwas tun, die Schwere und den Druck abstreifen, doch es war schlicht nicht möglich. So einfach war ein ehemaliger Siegelwahrer also zu besiegen.

Er sah das einsame Haus am Waldrand, in dem seine Eltern und seine Schwester schliefen. Sie wussten nicht, dass der Kampf um die Seele, den Frieden und das Glück des Flüsterwaldes in vollem Gange war. Morgen würden sie aus einem tiefen Schlaf erwachen und nicht wissen, was hier geschehen war.

Lukas sah, wie Professor Archibald von Thun in seinem Baumgefängnis auf und ab ging. Immer wieder seufzte er, schüttelte den Kopf, wollte etwas tun. Doch er war zum Abwarten verdammt.

Der Chronist schlug eine Stimmgabel nach der anderen an, betrachtete im Wissensbassin, was hier geschah.

Immer schneller wechselten sich die Orte ab.

Die Katzen kamen. Sie erreichten die Herzburg über die Katzenlinien, sprangen hinaus und waren innerhalb von Sekunden überall.

Mit jedem Volk spürte Lukas ein wenig mehr von der alten Macht aus Frieden und Glück. Der Gesamtheit des Waldes, seine Gemeinschaft. Gleichzeitig hatten die Völker alle Angst. Vor der ungewissen Zukunft, die verborgen vor ihnen lag. Und ein einziger Mann, geboren aus Wut und Hass, hatte die Kontrolle darüber übernommen.

»Lukas!«, hörte er erneut Ella rufen.

Er blinzelte.

Sie wollte zu ihm, doch die Schatten am Eingang quollen förmlich in den Raum. Es waren alle möglichen Tiere – Silhouetten, die ihren Herrn treu ergeben unterstützen wollten.

Rani, Pera und Ella stellten sich ihnen weiter mutig entgegen. Besonders der Magiedetektor half dabei. Immer wieder glitten Lichtstrahlen aus einer der Kugeln hervor und zerteilten die Dunkelheit. Rani und Pera erwiesen sich als perfektes Team, abwechselnd warfen sie das Feuerpulver.

Punchy wurde von einer Druckwelle erfasst und durch den Raum geschleudert. Mit einem wütenden Fauchen prallte sie auf und fiel zu Boden. Sie wollte wieder aufstehen, doch etwas hielt sie fest.

Der dunkle Magier benutzte seine andere Hand, um auch sie niederzudrücken.

Felicitas schwebte einen Meter entfernt von ihrer Mutter. Felindes Gesicht war von Tränen überströmt. Sie hatte ihre Hände ausgestreckt und lächelte sanft. Ihre Lippen formten freundliche Worte, doch Lukas konnte sie nicht hören.

Die Herzmagie umgab die beiden Elfen wie eine frische Frühlingsbrise, die die stickige Luft der dunklen Magie vertreiben wollte, aber noch nicht stark genug war.

»Ich liebe dich«, formten die Lippen der Königin die Worte.

Felicitas weinte ebenfalls. All die Macht des Herzens, die sie nie hatte haben wollen und die ihr Leben bestimmt hatte, sollte zurückkehren in die Welt. Doch die Elfe vermochte es nicht. Immer wieder hatten andere ihr gesagt, was sie nicht tun konnte. Sich lustig gemacht und ihr das Selbstbewusstsein genommen.

Lukas wusste, dass sie stark und mutig war, dass sie diese Herausforderung bestehen konnte. Doch sie selbst zögerte.

In diesem Augenblick zerbrach der erste Stein von Ellas Magiedetektor. Das Licht erlosch und die Schatten erstarkten. Frau Stein keuchte ein letztes Mal auf und verlor das Bewusstsein.

Der finale Blitz zuckte, das Siegel, welches das Portal zum Schattenwald versperrte, war nur noch ein Hauch, der darauf wartete, von einem bösen Atemzug aufgesogen zu werden.

Und in all dem Chaos stand Franklin.

Er wirkte entspannt, als wartete er auf etwas, das jeden Augenblick geschehen musste, aber nicht kam.

Hinter Lukas' Schädel explodierte ein Schmerz. Er verlor das Bewusstsein. Das dachte er zumindest.

Plötzlich stand er mitten im Raum. Alle anderen verharrten bewegungslos. Eine Träne von Felinde hing in der Luft. Die Zeit stand still.

»Hallo, Lukas«, sagte das Herz des Waldes.

Zwischen zwei Sekunden

Die Stille dehnte sich aus.

Lukas schluckte. »Du bist das Herz des Waldes?«

Ein sanftes Lachen erklang. »So ist es.«

»Warum kann ich dich nicht sehen?«

»Noch bin ich nicht wieder in meine alte Form zurückgekehrt. Wir haben den einen Punkt erreicht, vor dem ich mich so lange gefürchtet habe. Der Flüsterwald steht am Scheideweg. Ein falscher Schritt, eine falsche Entscheidung, und die Bäume werden verdorren wie das Gras. Wie vor langer Zeit wird die Dunkelheit über uns alle hereinbrechen. Doch dieses Mal gibt es kein Zurück, kein Schlupfloch.«

»Du hast die Schattenzwillinge erschaffen.«

»Niemand ist unfehlbar, das ist eine wichtige Lektion, auch für mich. Nur weil ich Macht besitze, heißt das nicht, dass ich sie immer richtig einsetze. Deshalb habe ich mich zurückgezogen. Um keine weiteren Fehler zu begehen.«

Lukas konnte den Hauch von Traurigkeit spüren, der das Herz umgab und auf ihn überströmte. Erst jetzt warf er einen Blick an jene Stelle, an der er selbst lag.

»Wieso liege ich auf dem Boden und stehe gleichzeitig hier?« Er hob den Arm und blickte auf seine durchscheinende Hand. »Bin ich ein Geist?«

»Ich habe dich zwischen zwei Sekunden aus deinem Körper geholt«, erklärte das Herz. »Vor der Entscheidung.«

»Ist die nicht längst gefallen?« Er deutete auf das Portal. »Sie kommen zurück.«

»Ein letzter Funke Magie hält das Siegel noch aufrecht. Aber ja, danach kehren die Schattenzwillinge zurück. Nichts und niemand kann sie dann noch aufhalten, auch ich nicht.«

»Dann ist das das Ende?«

»Das Ende, mein junger Freund, ist noch nicht geschrieben. Bist du nicht der Siegelwahrer? Und ist das nicht ein Siegel?«

»Aber … ich bin kein Magier.«

»Und doch wohnt jene Kraft in dir, die uns die wenigen

Sekunden verschaffen kann, die andere benötigen. Kippt der erste Dominostein, werden die übrigen folgen.«

»Wie?«

»Noch kann ich nicht viel ausrichten. Erst wenn ich wieder zurückgekehrt bin, ist das möglich. Doch eine Tat vermag ich zu tun. Während du das Siegel zusammenhältst, bist du geschützt. Jede Sekunde zählt, mein junger Freund. Halte das Siegel, verschaffe deinen Freunden Zeit.«

Lukas' Blick fiel auf Franklin. »Was tut er?«

»Jeder spielt seine Rolle in diesem Spiel, dessen Regeln vor Jahren festgelegt wurden. Vertraue darauf.«

»Kann ich Felicitas helfen?«

»Sie wird ihren Weg gehen. Doch jetzt müssen wir uns beeilen. Die nächste Sekunde bricht gleich an, dann wirst du zurückkehren in deinen Körper und Luft bekommen. Konzentriere dich und erhalte das Siegel!«

»Das werde ich.«

»Danke für alles«, sagte das Herz. »Wie es auch ausgehen mag, durch euch habe ich den Flüsterwald von einer neuen Seite gesehen. Und all die Abenteuer erleben dürfen.«

»Du hast …« Und Lukas begriff. Das Herz war in Felicitas und damit die ganze Zeit bei ihnen gewesen. Es hatte gesehen, gelernt und verstanden.

Im nächsten Augenblick verschwand die Leichtigkeit.

Lukas befand sich wieder in seinem Körper, der sich schwer wie Blei anfühlte. Reflexartig sog er die Luft in seine Lungen. Noch immer tanzten rote Schlieren hinter seinen Augen.

»Was …?« Der Schattenmeister fuhr herum. »Wie?«

Doch Lukas durfte nicht warten. Er sprang auf und rannte zum Siegel.

»Du kannst es nicht aufhalten«, gab sich der Schattenmeister gelassen. »Ihr Menschen seid machtlos.«

Der Riss schien zu wispern, zu locken. Die Silhouetten im hellblauen Nebel kamen näher. Lukas streckte beide Arme aus und griff nach den Rändern des Spaltes. Er konnte sie berühren. Langsam drückte er sie wieder zusammen.

»Halt!«, brüllte der Schattenmeister. »Was tust du?!«

»Ich bin der Siegelwahrer!«, rief Lukas.

Dann schwieg er und verlegte seine gesamte Konzentration darauf, die beiden Enden der Öffnung wieder zusammenzuführen. Konnte er den Spalt möglicherweise schließen? Wie eine rostige Tür, die über den Boden schabte und sich kaum bewegen ließ, glitten die Seiten nur millimeterweise aufeinander zu.

Punchy hatte sich wieder aufgerappelt und sprang erneut auf den dunklen Magier zu. Ihre Krallen blitzten, sie tauchte unter Schlägen weg.

Aus den Augenwinkeln sah Lukas, wie Ellas Magiedetektor explodierte. Die Lichtkugeln loderten auf. Ein letztes Mal wurden die Schatten zurückgehalten.

Ein finales Aufbegehren.

»Felicitas«, flüsterte Lukas.

Er konnte sie über die Verbindung des Herzens spüren und ihre leise Stimme hören, als sie zu ihrer Mutter sprach und diese antwortete.

»Ich bin so stolz auf dich«, sagte Felinde.

»Aber ich mache ständig alles falsch.«

»Im Gegenteil.« Die Königin lächelte. »Du hast stets aufs Neue Mut bewiesen, und das in den schwierigsten Situationen. Du bist für deine Freunde da und beschützt den Wald.«

»Aber ich habe Angst.«

»Genau wie ich. Täglich. Meine Entscheidungen betreffen das gesamte Volk der Elfen. Sie bringen Menschen Glück oder Unglück. Aber niemand ist perfekt. Wir sind dazu geboren, Fehler zu begehen und aus ihnen zu lernen. Lass los, mein Schatz. Lass einfach los. Du bist nicht alleine. Das bist du niemals gewesen.«

Lukas konnte spüren, wie Felicitas ihren Blick über Ella, Rani und Pera schweifen ließ. Sie erkannte, was er selbst zu tun versuchte. Sie keuchte auf, als Punchy von einem schwarzen Funken des Schattenmeisters getroffen wurde.

Und dann tat sie es.

In einer Sekunde der Entscheidung ließ Felicitas von Siebenstern das Herz des Waldes, die magische Kraft in ihrem Inneren, los. Und ebenso ihre Angst.

Aus einem stecknadelkopfgroßen Funken wurde ein leuchtender Ball. Magie vereinte sich, stärker als je zuvor. Gewachsen von einem kleinen Teil in Felicitas zu einem großen. Gewachsen im Inneren einer Königin, die weise regierte. Das Herz des Waldes kehrte zurück.

Und für einen Augenblick waren alle Völker des Waldes eins. Lukas konnte spüren, wie sie mit einem Gedanken dachten, mit einer Stimme sprachen, ihr Atem verschmolz.

»Nein!«, brüllte der Schattenmeister. »Nein!«

Ein Kraftschub durchfuhr Lukas' Arme. Er zog die Ränder des Portals mit Leichtigkeit zusammen, sie glitten ineinander und der Durchgang war wieder verschlossen.

Nahezu zeitgleich streckte Franklin die Hand in Richtung des Schattenmeisters aus. »Du hast da etwas, das mir gehört.«

Die Schutzsteine, die um den Hals des dunklen Magiers hingen, lösten sich und flogen wieder in seine Hand.

Und endlich begriff Lukas. Die Schutzsteine mussten mit Franklin magisch verbunden sein – das war es also, was Frau Stein von langer Hand geplant hatte. Sie hatte vorausgesehen, dass der Magier versuchen würde, die Schutzsteine an sich zu reißen. Darum hatte sie als Erstes eine magische Verbindung zwischen Franklin und den Steinen aufgebaut. Dann hatte sie Franklin mit hierhergebracht, sodass er dem dunklen Magier die Steine im entscheidenden Moment wieder abnehmen konnte. Das war … brillant.

So war der Schattenmeister nicht länger geschützt. Zwar hätte er sich die Steine einfach erneut zurückholen können, doch das Herz war wieder da und würde genau das nicht mehr zulassen.

»Ihr könnt mich nicht besiegen!«, brüllte er. »Ich werde den Wald zu Asche verbrennen.«

Die Magie des Herzens umfing den Schattenmeister. Blitze zuckten. Und dann verwehte der Schattenanteil des Magiers wie eine dunkle Erinnerung, die keine Macht mehr über einen hatte. Einfach so war er fort. Direktor Arnold sank an der Wand entlang zu Boden und begann friedlich zu schnarchen.

Die letzten Schatten am Eingang verschwanden und gemeinsam mit Rani und Pera trat Ella auf Lukas zu. Sie hatte eine Schramme im Gesicht, ihr Haar war zerzaust. Doch es ging ihr gut.

Noch während Frau Stein sich langsam wieder aufrappelte, nahm das Beben zu. Die gesamte Burg vibrierte.

»Danke!«, erklang die Stimme des Herzens.

Und die Burg erhob sich aus dem Untergrund, um zurückzukehren ins Licht.

Die Rückkehr des Herzens

Die Wände verformten sich, Fenster durchbrachen das Gestein. Minutenlang zitterte die Herzburg so sehr, als würde sie jeden Augenblick einstürzen. Doch das Gegenteil war der Fall. Sie wuchs und wuchs.

Lukas rannte zu einem der Fenster und blickte hinaus. Tief unter ihm erkannte er ein Meer aus unterschiedlichen Bewohnern des Flüsterwaldes, die meisten hatte er noch nie gesehen. Sie mussten gespürt haben, dass der Schattenmeister fort war, denn sie jubelten. Überall gab es lachende Gesichter.

»Ich glaube, ich kann meinen Großmenok sehen«, sagte Rani, der an Lukas emporgesprungen war und auf seiner Schulter saß. »Sie sind wirklich alle da. Ich sollte mir eine Ansprache zurechtlegen. Am besten halte ich sie vom höchsten Turm aus.«

Lukas schmunzelte und ließ Rani seine Träume.

Das Vibrieren endete.

»Heute nehme ich meinen Platz im Flüsterwald wieder ein«, verkündete das Herz des Waldes den Freunden. »Ich danke euch für euer entschlossenes Handeln. Königin Felinde, es war mir eine Ehre, die Jahre gemeinsam mit Euch zu beschreiten. Ihr habt weise regiert.«

Die Königin der Elfen neigte ihr Haupt, ließ dabei aber keinen Augenblick die Hand ihrer Tochter los. Felicitas glühte vor Freude, endlich konnte sie sich ihrer Mutter wieder nähern. Und es gab keinen Magieeffekt.

»Was geschieht jetzt mit Direktor Arnold?«, fragte Lukas.

»Mach dir keine Sorgen, ihm geht es gut«, erklärte das Herz. »Er wird am Morgen aufwachen und sich an nichts erinnern. Ich sorge dafür, dass er in sein Bett zurückkehrt. Der Schatten ist von ihm genommen worden. Dank euch und meiner gewachsenen Kraft konnte ich das bewerkstelligen, allerdings wird das auch Auswirkungen auf ihn haben.«

Magische Schlieren unterschiedlicher Farben wirbelten durch die Luft und im nächsten Augenblick war Direktor Arnold verschwunden.

»Welche denn?«, fragte Ella.

»Er wird überaus nett sein, es gibt nichts Böses mehr in ihm.«

»Das ist ja toll«, freute sich Lukas. »Vielleicht komme ich dann wieder aus der Theater-AG raus.« Einen Versuch war es wert.

Ella verdrehte bei den Worten nur die Augen.

»Jetzt, da meine Aufgabe, den menschlichen Teil des Schattenmeisters im Auge zu behalten, beendet ist, möchte ich dich um etwas bitten«, wandte sich Frau Stein an das Herz des Waldes. Sie atmete tief ein und wieder aus, ihr Blick richtete sich in eine undeutbare Ferne. »Öffne ein letztes Mal das Portal zum Schattenwald. Ich möchte zu den Meinen heimkehren, ihnen den Weg der Gemeinschaft zeigen. Wer weiß, vielleicht kehren wir eines Tages zurück. In Frieden.«

Lukas konnte spüren, dass das Herz über diese Bitte erfreut war.

»So sei es. Ich danke dir für deine Dienste, für deinen Einsatz in meiner Abwesenheit.« Mühelos sorgte das Herz des Waldes dafür, dass sich das Portal erneut öffnete. Jetzt, da der dunkle Magier nicht mehr existierte, gab es kein feindliches Siegel vor dem Durchgang. Das Herz des Waldes besaß die vollständige Kontrolle.

Frau Stein wandte sich den Freunden noch einmal zu. »Es hat mich gefreut, euch kennenzulernen. Ihr habt dem Flüsterwald und auch mir einen großen Dienst erwiesen. Danke dafür. Vielleicht sehen wir uns eines Tages wieder. Bis dahin wünsche ich euch noch viele spannende Abenteuer!« Sie winkte zum Abschied und sprang dann kurzerhand durch das Portal, das sich hinter ihr wieder schloss.

»Was soll ich denn jetzt tun?«, wollte Franklin wissen. »Dieses Gift ist noch immer in mir, ich möchte nicht jedes Mal schlafen, wenn ich die Burg verlasse. Oder bin ich hier gefangen?«

»Nicht doch.« Ein leuchtender Strahl schoss vom Herzen in Franklins Schutzsteine. »Ich habe die Steine magisch aufgeladen. Sie strahlen meine Magie ab und halten dich wach und bei klarem Verstand, bis das Gift vollständig neutralisiert ist. Du kannst ein ganz normales Leben führen.«

Franklin strahlte. »Ich werde wieder an die Universität gehen.« Er wirkte überaus zufrieden und brannte – wie Lukas wusste – darauf, diese neue Zeit zu erkunden. Mit wachem Verstand und dem Herzen am rechten Fleck.

»Aber nun zu euch: Lukas, Ella, Felicitas, Rani und Punchy. Frau Stein hat es bereits gesagt, ihr habt dem Flüsterwald einen großen Dienst erwiesen, die Geschöpfe vor dem dunklen Magier bewahrt und ein gefährliches Abenteuer bestritten. Dafür möchte ich euch danken. Doch an dieser Stelle ist es nicht zu Ende.«

Verwirrt sahen die Freunde sich an.

»Wie meinst du das?«, fragte Lukas.

»Die Geschöpfe des Waldes sind vor den Menschen weiterhin verborgen, doch die Barriere, die das Böse aussperrt, ist fort. Und eine so starke Magie kann ich nicht erneut wirken, dafür muss ich erst viele Jahr wieder Kraft sammeln. Feinde des Flüsterwalds werden das früher oder später bemerken und den Weg hierher finden. Sei es aus der Welt der Menschen oder einem der anderen Flüsterwälder.«

»Aber kannst du sie nicht besiegen, wenn sie auftauchen?«, fragte Ella.

»Meine Macht ist an diesen Ort gebunden. Verlasse ich die Herzburg, verliere ich meine Kraft. Die Reise im Körper von Felinde und Felicitas war ein Schlupfloch, das nun geschlossen ist. Der Wald benötigt meine gesamte Aufmerksamkeit. Manches werde ich tun können, anderes jedoch nicht. Dafür brauche ich Unterstützer, auserwählte Verteidiger des Waldes und Beschützer der Herzburg. Ich möchte, dass ihr das seid.«

Rani sog keuchend die Luft ein. »Ich werde ein Verteidiger. Mein Großmenok wird vor Stolz …«

»Ihr dürft mit niemandem darüber sprechen«, unterbrach ihn das Herz. »Ihr werdet Geheimnisse aus uralten Zeiten sehen und die anderen Flüsterwälder besuchen. Auf euch warten versunkene Paläste und gefährliche Artefakte. Feinde würden ihre Hände danach ausstrecken.«

»Vielleicht eine Andeutung?«, hakte Rani nach.

»Nein.«

»Eine winzige?«

»Auf keinen Fall«, beharrte das Herz.

»Warum wir?«, fragte Felicitas.

Lukas hatte das Gefühl, dass die Elfe ein paar Zentimeter gewachsen war. Sie wirkte selbstbewusster und … noch euphorischer.

»Ihr habt bei euren Abenteuern bewiesen, dass ihr mutig und ehrenhaft handelt, dass ihr zusammenhaltet. Als Lukas vom dunklen Magier angegriffen wurde, habt ihr ihn alle gemeinsam gerettet. Als Ella Hilfe benötigte, um ihren Großvater zu finden, habt ihr ihr beigestanden.«

Lukas wechselte einen kurzen Blick mit den anderen, die alle zustimmend nickten, dann sagte er. »Wir sind dabei.«

»Kommt näher und streckt eure Arme aus«, bat das Herz des Waldes.

Sie traten direkt unter das Licht. Kurz kitzelte es auf Lukas' rechtem Handgelenk, dann erschien ein verschlungenes Symbol. Fünf ineinandergeschobene Ringe, die einen weiteren in ihrem Zentrum bildeten.

»Ab heute seid ihr Verteidiger des Flüsterwaldes und Beschützer der Herzburg«, erklärte das Herz. »Wann immer dem Flüsterwald oder dieser Burg Gefahr droht, werde ich einen Hilferuf an Felicitas schicken.«

»An mich?«, fragte die Elfe verblüfft.

»Wir beide waren viele Jahre vereint. Diese Bindung ist noch immer vorhanden. Du kannst deiner Mutter wieder problemlos nahe sein, doch deine Zauber werden weiterhin … wuchtig ausfallen. Das lässt sich leider nur abstellen, wenn ich unsere Verbindung vollständig löse. Dann kann ich aber keinen Hilferuf mehr zu dir schicken.«

Felicitas starrte mit geweiteten Augen auf das Herz, überdachte das Gesagte. Schließlich nickte sie. »In Ordnung, dann werden wir die Verbindung beibehalten. Ich werde auch so irgendwann lernen, meine Magie zu steuern.«

»Denkst du dabei auch an uns?«, fragte Rani. »Irgendwann verwandelst du mich noch in eine Grummelbeere.«

»Es gibt keine Grummelbeeren«, sagte Felicitas.

»Gibt es wohl. Mein Großmenok hat sie in seinem Buch

über die Gewächse des Flüsterwalds beschrieben. Leider fanden die Buchstabenfresser es sehr lecker.«

Bevor die nächste Diskussion losbrechen konnte, wandte Lukas sich an das Herz. »Aber wir haben ein ganz normales Tagesleben. Wie bekommen wir die Nachricht?«

»Felicitas kann das magische Symbol auf eurem Handgelenk entflammen lassen und meinen Ruf damit weiterleiten«, erklärte das Herz. »Es ist normalerweise unsichtbar, wird dann aber aktiviert.«

»Das ist so cool«, fasste Ella in Worte, was Lukas in dem Moment dachte.

Sie konnten weiterhin Abenteuer im Flüsterwald erleben und das auch noch in geheimer Mission des Herzens.

»Was ist mit meinem Großvater?«, fragte Ella. »Kann er wieder aus dem Baumgefängnis heraus?«

»Das Gefängnis wurde mittels uralter Magie errichtet, die fest verankert in der Wurzel, dem Lebensfunken des Waldes, ist. Den Bann zu lösen wird Zeit brauchen. Aber mach dir keine Sorgen. Dein Großvater wird die Möglichkeit erhalten, es umzuformen in etwas Neues. Und ihn brauchen wir auch. Für eure Abenteuer benötigt ihr Ausrüstung, er wird sie euch konstruieren können: Pflanzen, Tinkturen und vieles mehr. Ich werde die Herzburg an die Blinzelbahn anschließen, aber nur ihr vermögt diesen Pfad zu nutzen. Damit könnt ihr, wenn nötig, schnell hierherkommen.«

Das Herz schien an alles gedacht zu haben.

Lukas gähnte. Langsam begann das Bett überlaut zu rufen. So ein Abenteuer machte ziemlich müde.

»Aber wie kommen wir ungesehen aus der Burg?«, fragte er.

Felicitas war bereits dabei, sich von ihrer Mutter zu verabschieden, um die Freunde nach Hause zu begleiten. Sie versprach jedoch, danach sofort in den Palast zurückzukehren. Die Königin würde vor die feiernden Flüsterwäldler treten und offiziell verkünden, dass sie gemeinsam mit der Schattenmeisterin den dunklen Magier besiegt hatte.

»Ich werde euch in Vögel verwandeln, damit ihr schneller den nächsten Eingang der Blinzelbahn erreichen könnt«, erklärte das Herz. »Für eine Teleportation wie bei Direktor Arnold reicht es heute nicht mehr. Dieser Kampf hat mich ermüdet.«

Kurz darauf veränderte sich die Umgebung und gemeinsam mit Franklin, Rani, Pera, Punchy und Ella wurde Lukas zu einer Taube. Einzig Felicitas behielt ihre normale Form, schließlich konnte sie bereits fliegen.

So verließen sie die Herzburg.

Hinter ihnen blieben Lachen und Freudenrufe zurück.

Die Herzburg zeichnete sich vor dem Mond als gewaltiges Bauwerk aus miteinander verschachtelten Türmen und Erkern ab. Jeder Turm besaß eine andere Farbe und Form.

Die Vielfalt des Waldes, an einem Ort vereint.

Stets behütet von einem gütigen Herz.

Die Nacht geht zu Ende

Sie flogen zur nächsten Blinzelbahn und von dort ging es auf direktem Weg zu Ellas Großvater. Dieser schloss sie überglücklich in die Arme.

Während Rani auf der Couch saß und Notizen in sein Büchlein schrieb, berichteten sie abwechselnd davon, was geschehen war. Noch weiter hier eingeschlossen zu ein, ärgerte den Professor, doch er war kein Mann, der sich vom Schicksal geschlagen gab.

»Ich werde schon eine Möglichkeit finden, hier herauszukommen. Mach dir darüber keine Gedanken, mein Schatz.« Er strich Ella durchs Haar. »Sobald das Herz mir die notwendigen Gerätschaften zur Verfügung stellt, um die Werkstatt hier aufzufüllen, werde ich mich darum kümmern. Und hier gibt es ja auch noch magische Fenster mit Fernblick.«

Lukas hatte keinen Zweifel daran, dass es dem Professor gelingen würde, sein Gefängnis in naher Zukunft wieder zu verlassen. Ohne den dunklen Magier fühlte sich alles leichter an, die Zukunft sah einfach schöner aus.

Selbst Lukas fühlte sich glücklich wie nie. Er hatte das Siegel zusammengehalten, während seine Freunde die Schatten bekämpften und Felicitas das Herz zurückbrachte.

Erst langsam wurde ihm klar, was heute hier geschehen war. Der Flüsterwald konnte wieder aufatmen.

»Was wirst du jetzt tun?«, fragte der Professor Franklin.

»Erst einmal ziehe ich in das ehemalige Haus von Frau Stein ein. Dann werde ich versuchen, wieder an die Universität zurückzukehren. Das wird sich schon alles finden.«

»Aber jage nicht gleich am ersten Tag das halbe Labor in die Luft«, sagte der Professor.

»Hätten Sie damals nicht die Einführung übersprungen, wäre das nicht passiert.«

»Das ist wahr.«

Sie lachten beide. Lukas sah die Freude im Gesicht des Professors. Jahrelang hatte dieser nach einem Gegenmittel für Franklin gesucht. Auch dieser Schatten war jetzt fort.

Doch Archibald von Thun besaß bereits ein neues Ziel. Er wollte seine Freiheit zurückerlangen.

Dieses Mal war es Ella, die herzhaft gähnte.

»Ab mit euch ins Bett«, sagte der Professor sofort. »Nicht auszudenken, was deine Eltern sagen würden, wenn sie dich hier sehen könnten.«

Auf der einen Seite war Lukas müde, auf der anderen hätte er gerne noch länger hier gesessen, gemeinsam mit seinen Freunden Tee getrunken und über das vergangene Abenteuer gesprochen. Andererseits konnten sie genau das bald ausführlich tun.

Sie stellten sich auf die Plattform und blinzelten sich ins Baumhaus. Erst hier fiel der letzte Druck von Lukas ab, es war wie ein Nachhausekommen.

»Und, hast du dich entschieden, Pera?«, fragte Ella.

Die Menok ließ sich Zeit, trippelte auf und ab und tat gewichtig. Schließlich aber nickte sie. »Ich werde – einstweilen – zu euch in den Bau ziehen, Rani.«

Ein weiteres Mal hätte Lukas schwören können, dass der Menok kurz davorstand, vor Freude einfach umzukippen. Stattdessen sauste er zu Pera und wuselte um sie herum.

»Und du sagst ihnen doch, dass ich für diese Ehre verantwortlich bin, ja? Also allen. Meinen Eltern, meinen Brüdern, dem Tal und … na ja, dem Flüsterwald.«

»Wir müssen noch über die Regeln sprechen«, erklärte Pera.

»Aber natürlich«, Rani nickte eifrig. »Welche Regeln?«

Pera lächelte verschmitzt. »Ach, das hat noch Zeit, bis ich eingezogen bin. Lass uns gehen.«

Und – *schwupps* – waren die beiden Menoks über das Geländer gehoppelt und verschwunden.

»Ich weiß nicht, ob Rani bewusst ist, worauf er sich da einlässt.« Ella kicherte. »Und er erfährt die Regeln erst nach dem Einzug. Das ist gefährlich.«

Sie würden sicher bald erfahren, was Pera sich überlegt hatte. Und wie es Rani mit seiner neuen Mitbewohnerin im Bau erging.

»Danke«, erklang die Stimme von Felicitas in die einsetzende Stille. Ihr Blick war auf Lukas gerichtet.

»Wofür?«

»Dafür, was du gesagt hast und dass du bei mir warst – ihr alle, das war ein schönes Gefühl. Alleine hätte ich es nicht geschafft.«

»Keiner von uns«, sagte Lukas. »Ich verdanke dir genauso viel. Und so soll es doch sein.«

Sie lachten befreit auf. In dem Wissen, dass es nicht das letzte gemeinsame Abenteuer gewesen war.

»Dann sehen wir uns bald wieder.« Felicitas hielt ihre

Hand in die Höhe, wo das Symbol aber nicht mehr zu sehen war. »Entweder durch einen Ruf oder …« Sie breitete die Arme aus. »Einfach so.«

Ein kleiner Looping folgte, dann schoss die Elfe aus dem Baumhaus. Sofort sprang Punchy ihr hinterher. Elfenaufpasserin musste ein Knochenjob sein.

»Na schön, noch einmal Portal, aber dann muss ich auch ins Bett«, sagte Ella.

»Wie bekommst du es eigentlich immer hin, dass deine Eltern nicht bemerken, dass du abhaust? Mal abgesehen von heute, wo du offiziell bei uns zum Abendessen eingeladen warst.«

Sie aktivierten die Portaluhr und kehrten ins geheime Studierzimmer zurück.

»Ich habe ein Seil, mit dem ich mich aus dem Zimmer abseile und dann wieder hochsteige.«

Lukas trat an das Regal und nahm eine der Flugpulverdosen hervor. »Nimm doch lieber das. Ist einfacher.«

Ella steckte die Dose ein. »Ich müsste mal berechnen, wie viel Pulver für eine Minute Flug notwendig ist.«

Für diese Denksportaufgabe war Lukas eindeutig zu müde. Er wollte sich nur noch unter seiner Bettdecke verkriechen.

Ella verließ das Haus durch die Tür und Lukas betrachtete seine schlafenden Eltern im Wohnzimmer. Kurzerhand kramte er ein paar Decken hervor und deckte sowohl seinen Vater als auch seine Mutter ordentlich zu. Sie würden so sicher bis zum Morgen schlafen.

Ein letzter Blick, dann rannte er nach oben, zwei Stufen auf einmal nehmend. Lisa ging es ebenfalls gut, wie er sich schnell versicherte.

Dann sank Lukas endlich in sein Bett.

Während er sich unter der Decke einkuschelte, dachte er an das Herz des Waldes. Fast glaubte er, das Symbol der verschlungenen Kreise auf seinem Handgelenk im Licht des hereinfallenden Mondes zu erkennen.

Er war jetzt ein Verteidiger der Herzburg.

Mit diesem Gedanken schlief er ein.

Ein ganz normaler Morgen

Von Dankbarkeit keine Spur.

Da seine Schwester einen wunderbaren Schlaf gehabt hatte, ließ sie es sich nicht nehmen, ihn zu wecken. Lukas hatte im tranigen Zustand nach dem bestandenen Abenteuer nicht daran gedacht, den Riegel an seiner Tür vorzuschieben, und so war es für sie ein Leichtes gewesen, früh morgens hereinzuschneien.

Verschlafen öffnete Lukas die Augen. Hatte er ein Marmeladenbrötchen gerochen? Er hatte.

Lisa saß neben ihm, ihren Stoffhasen an sich gedrückt, und las in einem Bilderbuch. Nebenbei biss sie immer wieder in ein Marmeladenbrötchen. Dabei tropfte die Marmelade auf die Decke.

Schließlich auch auf Lukas' Stirn. Als er blinzelte, kam etwas davon in sein Auge.

Wütend fuhr er auf, was Lisa dazu veranlasste, aufzuspringen und aus dem Zimmer zu flitzen. Das Marmeladenbrötchen blieb auf der Matratze liegen. Natürlich mit der bestrichenen Seite nach unten.

Leider konnte Lukas sich nicht darum kümmern, weil die Marmelade in seinem Auge unangenehm brannte. Er rannte ins Bad, um die klebrige Masse mit kaltem Wasser auszuwaschen.

Als er ins Zimmer zurückkehrte, stand seine Mutter in der Tür, die Stirn in grimmige Falten gelegt. »Du kennst die Regeln, Lukas. Keine Marmeladenbrötchen im Bett.«

»Aber das war Lisa.«

»Deine Schwester sitzt am Frühstückstisch.« Sie schüttelte den Kopf. »Lügen vergiften unsere Seele, lass die Wahrheit aus dir herausströmen.«

Vor Wut ballte Lukas die Fäuste. »Es war Lisa!«

»Heute Mittag, wir beide, Meditation.«

Damit wandte sie sich ab und stieg die Treppe hinunter. Meditation stand immer an, wenn zu viel Wut nach außen strömte. Was nicht wirklich half. Er wollte dabei stets aufspringen und die dämliche Meditationsuhr umstoßen, sobald es losging.

Er schwor sich, seine Tür demnächst magisch zu sichern, damit Lisa nicht mehr in das Zimmer kam. Wenigstens war sein Samstagmorgen ab diesem Punkt wieder friedlich. Magisch absichern, jawohl, das würde er tun. Warum nicht auch mal Magie für sich benutzen?

Dieser Gedanke brachte ihn zum Lächeln. Seine Mutter kam am Frühstückstisch nicht umhin, darauf hinzuweisen, dass ihm dieser Gesichtsausdruck doch viel besser stand.

»Was habt ihr heute noch vor?«, fragte sie.

Wie sich herausstellte, hatte Lisa tatsächlich erste Freunde in Winterstein gefunden – wer hätte es gedacht? – und war zu einem Spieldate verabredet. Sein Vater wollte sich ein wenig um den Garten kümmern.

Seine Mutter würde meditieren. Außerdem wollte sie endlich damit beginnen, ihre ganzen Notizen in ein Fachbuch umzuwandeln. Zack, der nächste Autor in seinem Umfeld. Wobei Lukas vermutete, dass das Buch seiner Mutter mehr Wahrheiten enthielt als das von Rani.

»Ich besuche Ella«, sagte Lukas.

»Ah, Ella.« Sofort grinste seine Mutter ihr übliches geheimnisvolles Lächeln.

Lukas war stolz darauf, nicht die Augen zu verdrehen. Er verschlang sein Brötchen, verschwand im Bad und zog sich um. Danach rannte er zu Ellas Haus. Auf sein Klingeln öffnete sie sofort die Tür und kam herausgelaufen.

»Du hast dir ja Zeit gelassen, ich bin schon ewig wach«, wurde er begrüßt. »Irgendwie siehst du müde aus.«

Er würdigte die Bemerkung keiner Antwort.

Sie rannten gemeinsam zur Bücherei. Durch die Scheibe konnten sie Franklin erkennen, der im Inneren bereits zugange war. Der endgültige Beweis, dass sie sich die vergangene Nacht nicht eingebildet hatten.

Ella schien es ähnlich zu gehen, denn sie betrachtete eingehend ihr Handgelenk. »Ich habe heute Morgen wirklich geglaubt, dass ich das alles nur geträumt habe. Man kann das Symbol nicht sehen.«

»Magie«, sagte Lukas nur.

Er hatte es aufgegeben, Elfenstaub, Flugpulver und all die anderen Dinge zu überdenken.

»Wir sind Verteidiger des Flüsterwaldes!«, sagte Ella grinsend.

»Und Beschützer der Herzburg!« Lukas fiel in das Grinsen ein.

Zufrieden schlenderten sie durch Winterstein. Eine Stadt, die vom dunklen Magier befreit worden war. An diesem Morgen fühlte sich alles frischer an, freier.

Sie machten halt am Schulgarten und entdeckten, dass es

den Pflanzen von Herrn Baumbach wieder gut ging. Wie vermutet hatte hier wohl zuvor die dunkle Magie gewirkt.

Gegen Mittag kamen sie zum Waldrand. Am Tag sah der Flüsterwald aus wie jeder andere gewöhnliche Wald. Es gab keine Spur von den magischen Wesen. Verborgen vor Menschenaugen schliefen sie friedlich.

Die Sonne fiel herab und schickte ihren herbstlichen Schein auf das dichte Grün der Blätter. Alles schien von innen heraus zu leuchten, lebendig und voller Energie.

Gedankenverloren strich Lukas über sein Handgelenk.

Was sie wohl als Nächstes erwartete?

Epilog

Alfalet leckte sich das Fell und war froh darüber, dass sich die Nacht dem Ende entgegenneigte. Überall ringsum lagen andere Katzen, streckten sich oder rissen ihre Krallen über das Holz und gähnten. In der Luft lag der Geruch von Morgensonne. Gerade wollte er zu den anderen stoßen, als der Ausgang einer Katzenlinie waberte. Kurz tat sich der Riss auf und ein Körper kam hervor.

Struppiges Fell, von Blut verklebt. Augen, in denen für eine Sekunde die Angst funkelte. Dann sackte der Besucher zusammen. Mit einem Satz war Alfalet bei ihm.

Andere schlossen sich an.

»Wer ist das?«, fragte Neroa. Ihr helles Fell glänzte im Morgenrot.

»Keiner von unserem Clan«, erwiderte Alfalet.

Er leckte über die Wunde der anderen Katze, aber diese reagierte nicht. Ihre Brust hob und senkte sich, doch es erfolgte keine Reaktion.

»Was ist das?« Neroa deutete auf eine seltsame Maserung, die das Fell überzog.

Alfalet betrachtete sie genauer. »Das ist Magie. Doch keine aus unserem Flüsterwald.« Er keuchte auf. »Er hat eine der fernen Katzenlinien genommen.«

Ihr Besucher kam aus einem entfernten Flüsterwald. Und dort schien etwas Schlimmes zu passieren. Die Katzen waren in Not, sonst hätte keine der ihren den Weg hierher gesucht. Doch Alfalet kannte sich nicht gut genug mit den anderen Clans aus, um eine Zuordnung treffen zu können.

»Wir brauchen Hilfe«, sagte Alfalet. »Schick einen Boten zu Pedora Ulinde Naftet von Chibalka. Sie muss sich das sofort ansehen.«

Wenn die Katzen eines anderen Flüsterwaldes Hilfe benötigten, dann mussten sie diese gewähren. Denn jede Gefahr eines fernen Waldes konnte nur allzu leicht auch ihren Flüsterwald erreichen.

Ende

Welche Gefahr erhebt sich nach dem Sturz des dunklen Magiers? Und aus welchem anderen Flüsterwald stammt der Besucher? Die Antwort wartet im 1. Band von Staffel II der Flüsterwald-Reihe.

Andreas Suchanek
streifte als Kind über Abenteuerspielplätze und erschuf im Geist fantastische Welten.
Später wurden diese dann zu Papier gebracht. Er teilt die Schokoladensucht mit Rani.
www.andreassuchanek.de

Timo Grubing,
geboren 1981, studierte Illustration an der FH Münster und lebt seit seinem Diplom 2007 wieder in seiner Geburtsstadt Bochum. Als freier Illustrator bebildert er Kinder- und Jugendbücher, Spiele und Comics und eigentlich alles, was ihm unter den Stift gerät. Dabei trinkt er Kaffee.

www.timogrubing.de
www.instagram.com/timogrubing_illustration/

Liebe Leserin, lieber Leser,

hier hast du Platz für eigene Notizen und Skizzen zur Welt des Flüsterwalds! Sei nicht traurig, vermutlich werden sie nicht so toll wie meine, aber es ist noch kein Meister vom Himmel gefallen (außer mir natürlich).